一带一路诗之旅

译诗卷

那些上紧时光的手

《诗刊》社 编

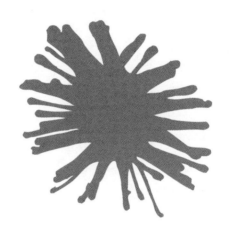

中国青年出版社

一带一路与当代诗歌

《诗刊》社

在新的历史时期，在全球化时代的背景下，中央顺应时势，提出了"一带一路"的重大国家战略，对当代诗歌来说，这也是一个可以大有作为的契机。

一带，指"新丝绸之路经济带"，一路，指"二十一世纪海上丝绸之路"。古代"丝绸之路"被认为是人类历史上开展对话、促进交流、合作共赢、造福沿途国家民族的典范模式。今天的"一带一路"则是在一个全球化的时代背景下，借用了古代"丝绸之路"的历史符号，主张以团结互信、平等互利、包容互鉴、合作共赢为基础，与沿线国家建立经济合作伙伴关系，共同打造政治互信、经济融合、文化包容的利益共同体、命运共同体和责任共同体。这样一种新的人类合作交流模式，必然会创造出一种新的生活方式和时代精神。

毋庸讳言，一个时期的国家主导的大的发展战略，既会影响当时的政治、经济和社会发展走向，也会明显或隐秘地影响当时的社会情绪、民众心理和生活方式，最终对文学艺术创作导向产生深层次的影响。诗歌及文学艺术的繁荣与时代转型或者说国家重大战略政策之间，有着某种隐秘的相互激发相互促进的关系和作用。

唐代边塞诗的兴起就是一个典型的例子。边塞诗，是指以边疆地区政治军事及社会生活和自然风光为题材的诗。在唐代，写边塞诗是一种时代风气，边塞诗也是一种普遍题材，几乎每一个诗人都写过，那些没去过边塞的人也写边塞诗。为什么会有这种现象？因为这是在大的国家战略下引导出来的风气，到西域去，开疆拓土，建功立业，"功名只应马上取，真是英雄一丈夫"是当时读书人和有志之士的共同心声。《全唐诗》存边塞诗约2000余首，被认为是唐诗当中思想性最深刻、想象力最丰富、艺术性最强的部分。在某种意义上，所谓"盛唐气象"其实主要是由边塞诗表现出来的。盛唐的美学形象也主要是由边塞诗所建构的。因为边塞诗展现出一种自由的、积极的、开放的和浪漫的英雄主义和理想主义精神。

当前，"一带一路"战略的实施，涵盖范围包括世界上最广阔的大陆、海洋，涉及60多个国家地区、44亿人口，涉及多种语言，不同的文明文化、丰富多样的生活方式，对于当代诗人来说，这是一个精神文化宝库，是汉语诗歌的新领域，里面深藏丰厚的诗歌和文学资源，是文化的富矿，是值得诗人和作家大力开采的深耕区和深海区。

"一带一路"作为国家战略，作为当代诗歌写作最重要的时代背景，是当代诗歌的一个广阔的新场域。当代诗人们应该有使命感、责任感和理想信念，积极主动融入、介入并参与其中，在确立主体性的文化自信的基础上，广泛学习、吸取、包容、融汇，用心用情理解领悟，尽心尽力包容吸收，将个人命运与国家民族命运联系在一起，将对现实的观照与对于未来的想象以及追求理想的实践相互融汇，进行美的开疆拓土，进行美的自由创造，创作出无愧于时代的伟大诗篇。

《诗刊》社响应中央精神，积极组织诗人们到"一带一路"地区进行诗歌采风创作，并在《诗刊》开辟"诗旅一带一路"专栏，发表了大量洋溢着奋发向上、积极昂扬的时代精神的诗作。同时，《诗刊》还组织关于"一带一路与当代诗歌"的研讨与对话，将相关成果发表在"诗学广场"栏目，较好地进行了理论总结和探讨。此外，还组织对相关国家地区优秀诗人作品的翻译，将他们的作品发表在"国际诗坛"栏目，加强与这些国家地区的诗歌交流。这些，都是实施当代诗歌与"一带一路"国家战略对接的积极之举。在此基础上，由阎延文将"诗学广场"刊发的文章选编为《诗的证词》一书，由赵四将"国际诗坛"刊发的译作选编为《那些上紧时光的手》一书，由王单单将"诗旅一带一路"专栏刊发的诗作选编为《风景动了一下》一书。这三本选集，正是《诗刊》带领诗人们主动投身"一带一路"国家战略所取得的成果。

目录

翁加雷蒂诗选

[意大利] 朱塞培·翁加雷蒂　　刘国鹏 译

哈特·克兰诗选

[美国] 哈特·克兰　赵四　王敖 译

卡文纳诗选

[爱尔兰] 帕特里克·卡文纳　桑克 译

米沃什《第二空间》选译

[波兰] 切斯瓦夫·米沃什　朱赢 译

雅贝斯诗选

[法国] 埃德蒙·雅贝斯　刘楠祺　火尹　译

安德雷森诗选

[葡萄牙] 索菲娅·安德雷森　姚风　译

若昂·卡布拉尔诗选

[巴西] 若昂·卡布拉尔　胡续冬 译

赫鲁伯诗选

[捷克] 米罗斯拉夫·赫鲁伯　徐伟珠 译

娄岱森诗选

[荷兰] 汉斯·娄岱森　汪剑钊 译

耶胡达·阿米亥诗选

[以色列] 耶胡达·阿米亥　刘国鹏 译

巴赫曼诗选

[奥地利] 英格博格·巴赫曼著　贺　骥　译

布里塞尼奥诗选

[委内瑞拉] 何塞·曼努埃尔·布里塞尼奥·格雷罗 赵振江 译

特德·休斯儿童诗选

[英] 特德·休斯 赵四 译

赫尔曼《戈探》选译

[阿根廷] 胡安·赫尔曼 于施洋 译

艾基诗选

[俄] 根纳季·艾基　顾宏哲 译

达尔东诗选

[萨尔瓦多] 洛克·达尔东　欧阳昱 译

基尔施诗选

[德] 萨拉·基尔施　马文韬 译

玛丽·奥利弗诗选

[美] 玛丽·奥利弗　倪志娟 译

达尔维什诗选

[巴勒斯坦] 马哈茂德·达尔维什　唐珺 译

埃尔南德斯诗选

[西班牙] 安东尼奥·埃尔南德斯　赵振江 译

洛尔娜·克罗齐诗选

[加拿大] 洛尔娜·克罗齐　阿九 译

谢达科娃《古老的歌》选译

[俄] 奥莉嘉·谢达科娃　谷羽 译

肖恩·奥布莱恩诗选

［英］肖恩·奥布莱恩　梁俪真 译

赫罗洛娃诗选

［俄罗斯］伊琳娜·赫罗洛娃　晴朗李寒 译

梅斯特雷诗选

[西班牙] 胡安·卡洛斯·梅斯特雷　赵振江　译

翁加雷蒂诗选

[意大利] 朱塞培·翁加雷蒂　刘国鹏 译

【诗人简介】朱塞培·翁加雷蒂 (Giuseppe Ungaretti, 1888—1970)，意大利隐逸派诗歌重要代表。1888 年出生于埃及亚历山大一意大利侨民家庭，后于巴黎求学。在此，翁加雷蒂和众多一流的诗人、文学家、画家混迹一处，相与切磋。一战期间，诗人应征入伍。意大利法西斯上台后，他被迫流亡巴西。1942 年回罗马，后执教于罗马大学。1962 年担任欧洲作家联合会主席。在 20 世纪意大利诗歌史中，翁加雷蒂堪称神话般的人物。就内容而言，翁加雷蒂的诗歌多描写同代人的灾难感，个人的孤寂、忧郁，以及战争加诸于人类的悲剧感和虚无感，有时，则是上述感知的组合与交织。诗人偏爱富于节奏和刺激的短诗，擅将古典抒情诗同现代象征主义诗歌手法巧妙地融为一体，其诗作简远、短促，来势凶猛，令人猝不及防，富大开大合直觉性的顿悟，意大利文学评论界，有仿《圣经》中的《旧约》《新约》之说，称其诗为《精神之约》。除了诗歌创作，翁加雷蒂还是优秀的翻译家。其所译莎士比亚、拉辛、马拉美等人的作品，受到意大利文学界的高度评价。翁加雷蒂的代表作计有诗集《覆舟的愉快》(1919)、《时代的情感》(1933)、《悲哀》(1947)、《呼喊和风景》(1952) 等。

天地

我与大海一道
成为
一口清新的
棺材

重量

那位农夫
信赖圣安东尼
的像章
他无忧无虑

而我携带着我的灵魂
全然孤单，全然赤裸
毫无幻想

分离

看呐，一个单调的
人

看呐，一颗荒芜的
灵魂
一面无法穿越的明镜

它碰巧在我身上苏醒
与我结合
将我占有

那生我于世的非凡的善
如此缓慢地将我分娩

而当它持续时
它却如此冷漠地熄灭了

夜晚的石灰岩溶洞

今夜
的面孔
干涩得
如同一张羊皮纸

这雪柔软
如钩的
游牧者
彼此分离
如同卷曲的
树叶一片

无尽的
时间

支配我
宛如一阵
窸窣

穷人的天使

而今，鲜血和大地最苦涩的怜悯
侵入黯淡的头脑，
而今，诸多无端丧生者的沉默
测量着我们每一次的心跳，

而今，穷人的天使苏醒过来，
灵魂残存的仁慈……

以数世纪无可遏止的姿态
降临在他古老民族的前方，
那阴影中跋涉的……

星辰

它们返回高空，点燃传说。
将在第一缕风里，随树叶殒落。
但当另一丝气息萌动，
新的闪烁将卷土重来。

三月之夜

迎着你不期然的光华，下流的月亮，
回到，那阿波罗憩息的荫影，
不确定的透明之中。

梦重新睁开了迷人的眸子，
向着一扇高窗闪耀。

一念生起，
大地就将长出翅膀，
就将幻化为苦难。

安魂曲

爱情，我青春的徽章，
返身为大地镶上金边，
在峻嶒的时日弥漫
这是最后一次，我凝视
（急流的步脚，在激烈动荡的
水中，它浩荡雄阔，穿洞越窟时，
凶险致命）光线的轨迹
如同哀泣的斑鸠
在草丛中局促。

爱情，闪闪发光的问候，
未来的岁月令我感到沉重。

被丢弃的忠诚的手杖
落入幽暗的水中
毫不足惜。

死亡，干涸的河流……

死亡，遗忘的姐妹，
亲吻我，
你将使我梦到同样的事物。
我将拥有你的步履，
我将奔赴那里而不留下任何痕迹。

你将给予我一位上帝
无动于衷的心，我将变得无辜，
我将既无意识，亦无仁心。

以封砌的心灵，
以陷入遗忘的眼睛，
我将充当通往幸福的向导。

终 曲

　　大海不再咆哮，不再窃窃私语，
大海

　　没有幻梦，大海是无色的田野，

大海

　　大海也怀有怜悯，
大海。

　　反射不出大海的云朵在流动，
大海

　　大海向悲伤的河流出让河床，
大海。

　　你看，大海，也死掉了。
大海。

卡尔索的圣玛尔提诺

这些房屋
仅留下
几堵
残垣断壁

那么多
患难与共的同伴
活下来的
屈指可数

然而我的心里

谁的十字架也不曾缺少

我的心啊
是备受毁损的家园

诗人的秘密

　我唯有黑夜这位女友。
时时刻刻将会同她
厮守，无片刻虚度；
而时光，我传递着自个儿心跳的时光
由我随心所欲，从不令我分神。

　当我听到，她就碰巧来临，
而她重新自阴影分离，
不变的希望
在我里面，她重新找到了火
并在沉默中，不断归还
对于你尘世的姿态
如此被眷恋，以致不朽者宛若，
光芒。

哪一声呼号

在夏夜，
你撒播惊奇，

慢悠悠的月亮，每日悲伤的
幽灵，极端的太阳，
你在嘲笑哪一声呼号？

含沙射影的月亮，
不断鲁莽地惊扰
沉睡中的大地，
在你忧郁的抚摸下，
大地发狂地朝向缺席者
哭泣，它是母亲，
对于它，对于自己，你停留不过一日
就连月亮易逝的斗篷也不过如此。

贝督因人之歌

一位女子起立吟唱
风追随着她，使她变得迷人
她横陈大地之上
真实的梦境将她攥紧

大地是赤裸的
女人是多情的
风是强劲的
梦是死的。

谣曲

我再次看到你冷漠的嘴唇
（大海迎向黑夜的嘴唇）
和腰部的牝马
它们曾在我的怀抱里吟唱，
使你濒临绝境
将你带入一场梦境
那为生机勃勃者和新亡者而设的梦境。

每一个陷入
爱河的人，都会在自身发现残酷的孤独，
而今无穷无尽的坟墓，
从你身上，将我永远地一分为二。

亲爱的，你遥远得如同在一面镜子里……

岛屿

河岸上，黄昏永无止息
古老而聚精会神的森林的黄昏，他走下去，
深入
他称之为羽毛的喧嚣
自溪水尖叫的
心跳脱落，
他看到一个
幽灵（憔悴复又振作）；

他回到高处，看见
一位仙女，沉入梦乡
笔直地抱紧一株榆树。

他本身，时而是幻影，时而是真实的火焰
漂泊，来到一片草地，那里
处女眼睛里的阴影
浓密得如同
橄榄树下的黄昏；
分泌出枝条
一阵投枪困顿的雨，
这里，羊群在平静的温暖里
昏昏欲睡，
其余的在啃吃
熠熠生辉的毯子；
牧羊人的手掌是一块玻璃
光滑得如同一场轻微的热病

哈特·克兰诗选

[美国] 哈特·克兰 赵四 王敖 译

【诗人简介】哈特·克兰（Hart Crane, 1899—1932），美国当代著名诗人，13岁开始写诗，17岁发表了第一首诗作，记录了他紧张的精神状态和同性恋倾向。尽管没上过大学，但克兰系统地阅读和消化了伊丽莎白时代的剧作家、诗人和19世纪法语诗人的作品。克兰后来到纽约谋生并得到银行家卡恩的资助，因而相对集中地创作了大量的诗歌。1924年发表组诗《航行》，1926年出版第一本诗集《白色建筑群》，1930年出版代表作长诗《桥》。由于长期以来过重的精神压力等原因，他于1932年4月在从墨西哥回纽约的途中投海自尽，时年33岁。在他身后，1952年出版了《书信集》，1966年出版了《诗全集和书信、散文选》。克兰是一个深具难度的诗人，他运用极具张力的隐喻和典故。他的特征性隐喻逻辑结合了其超验渴望和高度祈愿的风格，予人一种有时拒绝松开的紧实的密度感。他的"修辞法"或者说语词的自我意识是惊人的，显示出和马洛、霍普金斯及艾略特的亲缘关系。他具有酒神精神人格和俄耳甫斯式的厄运渴望，对于自己的作品，他是一个强迫性的修订主义者，一位审慎精微的艺术家，其诗艺达到了美国诗歌所能够提供的极致。在他身后，经过一代高浪漫主义批评家们的努力，克兰声誉日隆，现在已被公认是爱默生、惠特曼、迪金森、弗罗斯特、史蒂文斯、艾略特这个序列中的最重要的美国诗人之一。

传奇①

犹如镜子被确信的无声
事实陷入无言中……

我不准备忏悔；
也不配上相应的遗憾。飞蛾
无非躬身于静寂的
哀告火焰。颤栗
在纷落的白色雪片里
亲吻，——
唯它配得到全部嘉许。

将有人知晓
这砍劈，这灼烧，
但只能是那个
又一次耗尽了他自身的人。

又一次，双倍的
（再次，那冒烟的纪念物，
流血的幻象！）已然重临。
直到明亮的逻辑赢了
阒寂无声如同镜子
所被确信。

然后，一滴一滴，腐蚀性的，完美哭喊

---

①以下 6 首选译自《白色建筑群》，译者为赵四。

014

将奏出某种不间断的和声，——
残酷不屈的雀跃，为所有那些
将他们青春的传奇带入正午的人们。

祖母的情书

今夜无星
除了那些记忆中的
然而供回忆的空间多么广大
在柔雨松软的环抱中

甚至有足够的空间
给我的祖母，伊丽莎白的
那些信笺，
它们长久以来一直被压在
屋顶的一个角落里
现在又黄又软
快要像雪一样融化掉

步向此间的伟大
脚步必须轻柔。
它只被一根看不见的白发悬着
它晃动如桦树枝网住空气。

我问自己：

"你的手指是否足够长能去弹奏

那些只是回音的旧键：
寂静是否足够静
能将音乐送回它的源头
而后又回向你
就像带回给她？"

而我愿牵着祖母的手
穿越许许多多她弄不懂的东西；
结果我绊倒了。雨继续落在屋顶
带着如此的一种充满温柔同情的笑声。

星期天早晨的苹果
——致威廉·萨默①

树叶会在某个时刻再度落下，用
如下意图填充自然的柔软织物：
你的线条中丰产、忠实的力量。

但现在，是对春天的挑战
因为成熟的赤裸，其首
　　　　　已伸进
刀剑的王国，她紫色的影子
迸裂于那个世界的冬天

---

① William Sommer，威廉·萨默（1867—1949），美国现代主义画家。生于密歇根州底特律市，基本属于自学成才。1914 年迁居俄亥俄州的布兰迪万地区。

那世界以其洁白高喊出对雪的蔑视。

男孩带着条狗奔跑在太阳前面，跨骑着
塑造了他们独立轨道的自发性，
他们自身之光的经年轮转
就在你居住的河谷
　　　　　（名为布兰迪万）。

我看见在那儿抛掷着你们，众多秘密的苹果，——
可爱的苹果带着合时令的疯狂
以空气之酒回馈你的探问。

将它们再次置于一个水罐，一把刀旁，
并令它们姿态具足，准备爆发——
苹果！比尔，苹果！

果园抽象画

枝上的苹果是她的欲望——
闪光的悬浮，太阳的仿拟。
树枝高高攫住她的呼吸，她的声音，
在倾斜中那沉默地清晰诉说，和她
头顶上方枝桠上升起的枝桠，模糊着她的眼。
她是树和其根根绿色手指的囚徒。

于是她开始梦见自己是树，
风拥着她，波动她年轻的叶脉

向着天空和它急遽的蓝托举起她
将她手的热切淹没在阳光里。
除了脚下的青草和投影之外
她别无回忆，亦无恐惧，无希冀。

河的休眠

柳树送拂和缓之声，
风的萨拉班德舞曲①刈割草地。
我从未能忆起
那些夷平沼地的沸腾、持续劳作
直到岁月将我带至大海。

旗帜，杂草。还有对陡峭凹壁的记忆
那里丝柏分享正午的
暴虐；它们几乎把我拖进地府。
而攀爬在硫磺梦中的巨大海龟们
已屈服，当太阳淤泥涟漪泛起
星裂开它们……

有多少我本当交换！漆黑的峡谷
和山中所有的奇异窠巢
那里海狸学会缝缀和啃噬。

---

① 一种缓慢庄严的西班牙三拍子舞曲，其中第二拍为强拍。
风行于西班牙黄金时代、巴洛克时期，20 世纪亦再度复兴，
在德彪西、萨蒂的作品中都有应用。

我曾进入又迅速逃离的池塘——
现在我谙记它垂柳歌唱的塘沿。

而最后，在那记忆中一切都在看护；
在我最终灼热膏油般流淌，射放烟雾
经过的城市身后
季风贯切三角洲
抵达海湾的大门……那儿，堤坝之上

我听见风削凿蔚蓝，像这个夏天，
众柳不再能支承更多的平稳之声。

在麦尔维尔墓前

常常，海浪之下，远离这礁岩，
他所见溺亡者骨殖冲磨成的骰子，遗赠
一位使者。当他观看，它们的点数
跳荡在灰土弥漫的海岸，模糊暗淡。

沉船驶过，无钟鸣响，
死亡慷慨赠礼的杯盏还回
一个零落四处的章节，死灰色象形文字，
凶兆卷裹于只只螺壳的长廊。

此后，在一个巨大旋流巡游的平静中，
其激流魅人，恶意妥协，
冰冻的眼在那里举起座座祭坛；

无声的回答在星辰间曲折徐行。

罗盘，四分仪，六分仪不再造出
更多的潮汐……高跃于碧蓝陡岸的
单调海浪挽歌不会唤醒水手。
只有海留存下这传奇的影子。

航行①

一

波浪清新的翻卷之上
条纹光鲜的顽童，互相扬沙厮打。
他们筹划了一场夺取甲壳的征战，
他们的手指，捻着晒热的海草碎片
快活地挖掘，抛散。

为回应他们高音的惊叹
太阳在浪涌中挥斥闪电，
浪花在沙子上裹住雷声；
如果他们能听到，我就会告诫：

噢，鲜亮的小孩儿，跟你们的小狗一起欢闹，
戏弄你们的贝壳和小棍儿，被时间
和风吹日晒漂白；可是有一条线

---

①该组诗译者王敖。

千万不要跨越，永远不要把你们
身体上敏捷的帆索，托付给这条线之外
来自无比辽阔的胸怀的，对苔藓万般痴缠的爱抚。
大海的最深处是残酷的。

二

——然而，这属于永恒的巨大眨动，
属于无边的大水，毫无束缚的顺风
在古花绣中铺展，推进，在那里
那女水神巨大的腹部，对月夭矫，
笑着我们的爱情中，纸醉金迷的卷曲；

占有这大海，她的浩歌震响在
层层翻卷的，银光雪亮的判决书上，
不论她风度娴雅，还是举止横暴，
在她的法庭上，帝王权杖的恐怖撕碎
所有一切，除了爱人之手的虔诚。

前进，当圣萨尔瓦多传来的钟声
在她猩猩木草原般的潮汐里，
向群星番红花的辉光致意——
小岛们的柔板，哦，我的浪子，
完成她的血管拼写出的，黑暗的忏悔。

留意她转动的肩膀，如何上紧时光，
又如何加速，当她赤贫而富有的手掌
批准弯弯的水泡和波浪的题字——
加速，当它们是真切的——睡眠，死亡，欲望在一朵漂浮的花里紧紧绕住一刹那。

把我们捆绑在时间之中，哦，明净的季节，还有敬畏
哦，加勒比之火的，游吟的大帆船
不要把我们留赠给尘世的海岸，
直到海豹向天国发出的，开阔的，浪花飞溅的注视
在我们坟墓的漩涡中得到回应。

三

它的血脉交融，绵绵无尽——
你温柔荡漾出的主题，被光线
从平远的海上寻回，天空在那里
俯下一只乳房，让每一簇浪花都来尊崇；
当我蜿蜒进入，那缎带环绕的
在浪浴中解体的，海水的小路，
在那里，并没有你在另一侧奋力划船，
大海，朝向这时光，举手拢起了圣骨盒。

所以，那一道道黑色的奔涌之门
推斥着无法接近，却为我打开——
跨越漩涡的柱子，柔波的山墙
在那里光线不停地与光线角力
星与星亲吻在浪与浪的交叠中
扑上你摇曳的身躯！

死亡，若在此有所毁灭
不会大肆屠戮，只是推动一个变化——
在陡峭的海床上，从黎明到黎明

飞腾着，那丝滑而灵动的脱胎换骨之歌

爱人，请允许我的航行，进入你的双手……

四

试想，你在时辰与日子里珍视的微笑
是我眼里大海的光谱，而今我大肆许诺
让漩涡叠着漩涡的翅膀，四散而去，
但我也知道，它们的圆环连起的——从棕榈树到阴冷的
信天翁白色的孤悬——并非正在流淌的
更深的爱流，而是歌唱，只有这速朽的余生
透过粘土造的身躯，向你不朽地涌来。

芬芳的弥漫无可置辩，欢会
在这时光中疯狂得合理，我们的怀抱
会再次缠绕相拥，预示的眼睛
嘴唇和缱绻，这一切曾经讲述
进入圣坛之路，我们六月里的日子——

可当我来讲述这一切，我必将迷失在
致命的浪潮里，它们难道不会随着我们的脚步
挡住并围起，明丽的花束和翎羽？

那化身肉体的词语，在它的签名里
海港侧肩投身于我们交融的血液
如预知的那样蒸腾着，在你的胸中
扩张着正午，为了收集我的岁月捕捉的

所有闪亮的暗示，为了那些岛屿
你眼睛里蓝色的自由和水平线
神圣不可侵犯地指向它们——

在这期待者体内，你仍要呼喊
接受所有的爱中秘密的船桨和花瓣。

五

丝丝入扣，午夜过后，晶亮的霜花里，
不见人烟，凛然难犯，海天荡荡无波
仿佛一起铸进残忍的白刃——
海滨的港湾斑驳着天空的硬边。

——仿佛太易碎，太明澈，不堪触碰！
我们睡眠的缆绳已经挂起，如此轻捷地
切磋摩擦，变成回想里星芒的丝缕
一个冰冻的，无路可循的微笑……
什么词语，能绞杀这聋掉的月光？因为我们

已被压服。此刻没有呼喊，没有剑锋
可以刹紧或偏转，这潮水的楔子，
月光舒缓的暴政，被爱，被改变的
月光……"在这世界上

这是如此独一无二"，你说，
知道我无法爱抚你的手，与你一起
注视天空没有神灵的裂洞，在那里
没有什么在旋转，只有死寂的沙子灿然一片。

"——永远无法理解！"不，
在你头发的大船队里，我从未梦到过什么
像这海盗一样不挂旗帜。

可是现在
俯下你的头吧，你在此孤零零的，站得太高
你的眼睛，沉入倾斜的水光里飘散的泡沫
你的呼吸，被我不认识的鬼魂一起封住。
俯下你的头吧，睡在你漫长的回乡路上。

六
在那里，冰刺雪亮的地牢升起
游泳者们失落的，晨光的眼睛，
在那里，海洋的巨流激荡，变幻着
更奇特的天空下绿色的疆界，

如一只扇贝坚定地分泌着
它搏动的串串单音的联盟，
或像大水纷涌出的凹槽，不断地捧起
太阳的内龙骨，跨过海角潮湿的岩石

哦，汇集的海流奔向
天空和凤凰胸膛的港口——
我双眼对着船头，一片漆黑
——你被抛弃的盲客人

等待着，燃烧着，什么名字

被收回，我无法认领：让你的波浪
耸立幻视者破碎的花环
比众王的死亡更加野蛮。

造物那欢欣的，绽放花瓣的词语
在非洲的热风之上，收获着
天球极点的雷电，渐渐移走
像摇摆的悬崖，或一袭帆影

冲进四月最深处的日子——
这词语，对着慵懒的
刚起身的女神，她的双眼
微笑着无可搜寻的安谧，与它们攀谈——

这仍然炽烈的盟约，美丽岛
——铺展并漂流的高台
前面是道道彩虹缠起连绵的秀发——
美丽岛，船桨白色的回声！

现出形象的圣词，是它留住
它的辉光里停靠的，静穆中的垂柳。
它是无法背叛的回答，
倾吐的清音，永远跟诀别无缘。

卡文纳诗选

[爱尔兰] 帕特里克·卡文纳 桑克 译

【诗人简介】 帕特里克·卡文纳 (Patrick Kavanagh, 1904—1967)，是上接叶芝、下启希尼的"二十世纪最重要的爱尔兰诗人之一"。生于爱尔兰莫纳亨郡因尼斯基恩，他的诗集包括《农夫和其他诗篇》(1936)、《待售的灵魂》(1947)、《最近的诗》(1958)、《来和基蒂·司托布林跳舞吧以及其他诗篇》(1960)、《诗汇集》(1964)。他还写过小说《泰里·弗林》(1948)，一本自传《青皮傻瓜》(1938)。1967 年与凯瑟琳·莫洛尼结婚，同年因支气管炎逝世于都柏林。卡文纳的创作大致分为三个时期。年轻的时候写乡村生活，中年的时候写愤怒，长诗《大饥荒》是这一时期最有影响的作品。爱尔兰大饥荒发生在 1845—1847 年，三年间有 150 多万人饿死，100 多万人背井离乡。卡文纳晚年重写乡村生活，他认为"诗不应该是社会批评论述，也不该是自我论述的研究，而是随性、诙谐、不需矫揉造作。"

给一个孩子

孩子，不要走进
灵魂的黑暗之处，
因为那里灰色的狼群哀鸣，
瘦弱的灰色的狼群。

我已经落在
邪恶的人群之间，他们
撕裂美人的白色长袍，穿着
祷告的破衣服。

孩子，在一颗星下的
某个地方会有一盏灯，
它有时会是为你而存在的
凝望上帝的
一扇窗。

莫纳亨山丘

莫纳亨山丘
你们把我变成这样一种人，
一个为了顶级刺激
什么都不在乎的家伙。

我的思想的乡村
有一百个小脑袋，

在为天才而设的空无的脚下空间之上。

因为你们，我成了半个虔诚的扶犁人，
我的身后是浅浅的犁沟，
因为你们，我成了一个唱歌的穷人
一个雷声中的胆小鬼。

如果我生在蒙内①，
甚至是福克希尔②，
我就会在我的灵魂中拥有一个回声的角落
重复着黎明的笑声。

我会渐渐明白推翻
眺望的屋顶的光荣——
哦，莫纳亨山丘，当你的故事极易辩白的时候，
一个复写本即将展开我的存在。

尚科达夫③

我的黑色的山丘从来没有见过太阳升起，
它们一直眺望着北方的阿尔马④。
当黎明把格拉斯德蒙德小教堂变白的时候，

---

①蒙内，位于都柏林。
②福克希尔，位于英国的北爱尔兰。
③尚科达夫，位于卡文纳故乡因尼斯基恩的西边。
④阿尔马，位于爱尔兰北方。

土地的妻子如果像我快乐的黑色的山丘
一样没有好奇心那她就不可能是盐。

当太阳搜寻着每一个口袋的时候
我的山丘储藏着三月闪闪发光的先令。
它们是我的阿尔卑斯，我爬上了马特峰
扛着一捆干草，喂养三只寒冷之中的小牛犊
在罗克萨维奇①大堡垒下的旷野之中。

夹着冰雹的风抚摸着尚科达夫灯心草做的胡子
这时候，赶牛人躲在羽毛状的灌木丛中
抬起头来，说道："这些抛弃了水鸡和沙锥的
饥饿山丘是谁的？
一个诗人？一个接近天国的穷人。"
我听着，我的心晃得不厉害么？

杨树的回忆

我走在秋天的杨树下面，我父亲
在四月的一天里栽的，那时我还是一个孩子
跑过成堆的根出条②的旁边
他把那里收拾得井井有条，前途无量。

---

①罗克萨维奇，位于爱尔兰南方。
②根出条，指从茎的基部或根状茎上长出来的枝条，也可
以将之理解成露在地面的树根。

我父亲梦到过树林，他死了——
而荒地里是一片杨树林
排水沟的堤岸上也是。

当我抬起头来
我看见我父亲
凝视着枝柯交织的天。

诗人

冬天围着我。
我被围住了，
逆着
灯光，笑声，舞蹈。

我像一个修士
在灰色的密室里
复制我灵魂的
不同的奇迹。

在灯光里
外面继续进行的东西
少于一个蓝瓶子的调情
恶意！

我会是一个蓝瓶子
或者一匹飞马

让这修士，这工作，
处在黑暗的谎言里。

纪念我父亲①

我看到的每一个老人
都会使我想起我父亲
当他坠入死亡的爱河的同时
绞缆轮也收了起来。

我在加德纳街②见过的那人
孤伶伶地摔倒在马路牙子上，
他半睁着眼注视着我，
我本来应是他的儿子。

我记得一个乐师
振动着他的提琴
在伦敦，贝斯沃特，
他也给我制了一个谜。

在十月色调的天气里
我看到的每一个老人
都似乎在对我说：
　"我曾是你的父亲。"

①诗人的父亲詹姆斯·卡文纳，1929 年 8 月 27 日逝世。
②加德纳街，位于都柏林。

纪念我母亲[①]

我没想过你躺在莫纳亨墓地
潮湿的黏土里；我看见
你走在杨树林间的小路上，
那是你去车站的路，或者高兴地

在一个夏季的礼拜天去望第二次弥撒——
你碰到我，你说：
"别忘了去看看牛——"
天使们漫游在你泥土似的话语里。

我想你走在六月
长着绿色燕麦的畦头，
睡眠这么充足，生活这么富足——
我看见我们在小镇的尽头相遇

在一个偶然的公平的日子里，在
协议全都达成之后，我们一起
走过商店、牲口棚和集市
自由地走在思想的东方街道里。

哦，你没有躺在潮湿的黏土里，
因为现在是收获的夜晚，我们

---

①诗人的母亲布里奇特·卡文纳，1945 年 11 月 10 日突
然逝世，享年 73 岁。

堆起的草垛遮掩着月光
你对我们微笑——永恒不变。

在拉格伦路①上

在拉格伦路上在一个秋日里我和她第一次相逢，知道
她暗色的头发会编织出一种诱惑，知道我将遗恨终生；
我看到了危险，我也走过这条着魔的道路，
我说，让悲伤做一片跌落的树叶吧，在这一天的黎明。

在十一月的格拉夫顿街上我们被深谷中突出的岩石架
轻轻绊倒，在这里，可以看出激情承诺的价值，
红桃皇后仍旧在做水果馅饼，而我却没有翻晒干草——
哦，我爱的太多了，就这样，就这样，扔掉了快乐。

我给她心灵的礼物，给她已知的发给艺术家的暗号
他们知道真正的上帝的声音和石头，
词语和色调。我没有节制，因为我给她的诗在诉说着
她的名字，她犹如覆盖五月田野的云朵一样的暗色头发。

在一条宁静的古老鬼魂相聚的街上，我看见她匆匆地
离我远去，我的理由一定容许
我求爱，而不是因为我需要一个黏土制作的生物——
当天使向黏土求爱时，他就会失去翅膀，在这一天的黎明。

---

①拉格伦路，是都柏林的一条街道，夹在埃尔金路和克莱
德路之间。

谁杀了詹姆斯·乔伊斯

谁杀了詹姆斯·乔伊斯？
我，时事评论员说，
我杀了詹姆斯·乔伊斯
为了我的毕业典礼。

通常用什么武器
杀死强大的尤利西斯？
通常用的武器
是一个哈佛的论题。

你怎么埋葬乔伊斯？
在广播座谈会上，
我们就这样把乔伊斯葬进
一篇悦耳的颂词。

谁把灵柩送出去？
六个都柏林汉子
被威·罗·罗杰斯①
带进朗汉姆酒店。

---

①威廉·罗伯特·罗杰斯(1909—1969)，爱尔兰诗人，播音员。
1909年生于贝尔法斯特，1941年出版第一部诗集《醒来！
以及其他诗篇》，1952年出版第二部诗集《欧罗巴和公牛》，
1969年逝世于洛杉矶，1971年出版《诗汇集》。

谁说葬礼的祝祷？——
请不要伤害我——
乔伊斯不是新教徒，
珀蒂①想必也不是？

谁杀了芬尼根？
我，一个耶鲁人说，
我就是那个为了
守灵人而制造尸体的人。

然后你获得高分，
哲学博士？
我获得文学学士，
然后是硕士。

你因为乔伊斯作品的知识
而获得钱财？
我获得一笔去
圣三一学院的奖学金。

在布鲁姆日的闷热中
我去朝圣
从马泰楼碉楼
到出租司机的隐蔽处。

---

①珀蒂，罗杰斯以"珀蒂"闻名于世。

诗歌的上帝

我在路上碰到一个人
他是一个严肃的人，
我对他说：你肯定就是
诗歌的上帝。

他没回应我的评论，
而是严肃地走着，
说出话来好像"华丽"
和"毕加索触摸过的黎明"。

我走着，直到我碰到
另外一个人，他
快乐地跳舞——这肯定是
诗歌的上帝。

我走了一整天，找了一整天，
眼睛没看见
一个看起来一点不像诗歌的
名副其实的上帝。

来和基蒂·司托布林①跳舞吧

不，不，不，我知道我不重要当我走过
色彩缤纷的乡村，我只是图画之中
仅有的一个项目，一个并不沉闷的名字。
哦，令人厌倦的没有和神融为一体的人。
美，是谁描述了美？很久以前
我听过一个神话，一个尽职的流言：
树木走过山顶，我的节奏
踩着非常高的高跷跳跃，而失去节制的
人群抬头望着，清醒的脸上全是惊恐。
哦，和基蒂·司托布林跳舞吧，我在意识之外
冲他们大喊，他们战战兢兢的脚步
绊倒在朱威②的小听差叫我之后。
我有一个非常满意的旅行，真诚地谢谢你
给了我疯狂的归来，或者几近疯狂的归来。

---

①基蒂·司托布林，这是卡文纳为自己的诗神虚拟的名字。
②朱威，即大神朱庇特。

米沃什《第二空间》选译

[波兰] 切斯瓦夫·米沃什　朱赢　译

[诗人简介] 切斯瓦夫·米沃什（Czesław Miłosz, 1911–
2004），出生在波兰第一共和国的立陶宛，二战期间在华
沙从事地下反法西斯活动，二战后在波兰外交部供职。
1950 年被吊销护照，而后政治流亡，先在法国获得居留权，
1960 年应邀到美国讲学，随后在美国定居。1980 年，他
获得诺贝尔文学奖。在他逝世的第二年，美国出版了他的
一本诗选《第二空间》，其中收录 32 首其晚年诗篇，据
说大多为诗人九秩高龄之新作。《第二空间》亦是这本诗
集的开卷诗。90 岁的诗人写作的此书读来仍让人深感契
合他 1980 年获诺奖的理由："不妥协的敏锐洞察力，描
述了人在激烈冲突的世界中的暴露状态。"

第二空间

天国的门厅如此宽敞！
踏着空中的台阶走向它们。
白云之上，悬挂着天堂的花园。

一团灵魂从肉身撕裂于是高飞。
它记得有所升腾。
也记得有所坠落。

是否我们真的已丢失，那个信仰的空间？
是否它们已销声匿迹，天堂与地狱？

没有神秘的草地，何以与救赎相遇？
那些恶魔又何以寻找相配的住处？

让我们一起哭泣，为这深重的损失悲叹。
让我们一起用炭抹黑自己的脸，披散了头发。

让我们一起哀求它重归我们，
那个第二空间。

如果没有上帝

如果没有上帝，
人也不无禁忌。

他仍是弟兄的守护者
他不可使弟兄悲伤，
绝口不说没有上帝。

同窗

我走向她，手握含苞的玫瑰。
我骑着车，因为那是一段长长的旅途。

通过迷宫的自动扶梯，从一个坑到另一个，
与几个幻影似的妇人同行。

她穿梭在红毯上，迎宾，
脖颈如素白无瑕的百合花。

请在此屈膝，她说，坐我身旁，
我们将要谈论善与美。

她天生禀赋，作诗成癖。
曾在另一国度，一个迷失的世纪里。

那时她常带狼牙图案的学生帽，
母校的徽记绣在天鹅绒中。

当然她已婚，有了三个孩子。
谁能追踪这些细节？

那梦境难道意味着我渴望她？
或者只是为她从前的身体哀怜？

我只沦落到去细数她零散的骨头
是否只因在那群来自旧世纪的青年人中，我是最末
　　的一个？

坠入但丁的幽谷
在临近天使长的某地或在哈萨克斯坦？

她应该已被埋在罗萨的公墓中，
但厄运无疑把她带出了那个小镇。

守护天使

我梦中的守护天使是一副女人模样，
不总是同一个。他懂我，一具造物，肉体凡胎，
亟待一个爱人的轻抚。我们并不做爱，
但彼此亲密，默契无间。

我未曾相信天使存在，但梦却已然更改。
近来，当我发现一个满是财宝的地下洞室，
当我们一起挪动藏宝袋，我恳求他，
让这赐我以平和的梦延时片刻。

刁难本性

许多不幸都源自我对上帝的信仰，

那信仰是我对美好人生的理解之一。

人，除了其动物本性，
应该还包括富裕的精神生活，

其举止受到指引
受高贵和高尚的驱使。

他获得尊敬，因为类于天使。

这是我从浪漫文学中寻获的意象，

以殉道者的传记为凭。

那么我呢？是否我有所不及？是否我该自视为一个
　　不甚完美的生命？

唉，在自己身上，我只发现了强势雄性的本能，一
　　颗有活力的精子的本能。

我真正的需要是力量和名誉，还有女人。

所以我开始在自身建立对爱和奉献的感受。

这里，一个关于梅格和庄尼的小故事可能有助。

庄尼想要梅格，因为她深居豪宅
与他几乎不可亲近，一个穷酸汉。

或许是因为她美若天仙，
对他这样的低等造物来说过于高贵。

梅格想要庄尼，因为他看起来比所有求婚者都聪明。

也因为她知道自己的缺点，被他选中而受宠若惊。

所以一场婚姻开始了，而爱情，实际上的两处孤独，
同时折磨他们，直至离婚。

这可能已然发生，或许没有。

无论如何，我发现适合我的是一种怀疑哲学。

不将些许高尚的品质归因于人，

也不将人之造设归因于上帝。

那么我就可以与我的本性和睦相处了。

我还在重复着"我信上帝"，并且我知道
我的信仰无从正当。

现在我该

现在我该比从前明了
虽然不知　是否我已然如此

记忆编织起一个满载羞愧与惊诧的故事

关于羞愧我紧锁在内心，而那些惊诧，
在墙的斑驳里，在莺的啼啭里，一张脸庞，
一朵鸢尾，一卷诗，一个人，
光明中，它们还在那里，又不断回来

那样的瞬间把我高举在我的跛足之上

你，那个让我坠入爱情的人，靠近我，并宽恕
我的冒犯　只为你的美令我如此眩惑

你不曾完美，但只是眉尖一扬，
额颔一点，那有声的，缄默的和撩人的，
都唯独归属于一场完美的造化

我起誓爱你到永远，但随后决心就动摇

隐约闪光中的惊鸿几瞥织成了我的布
它不够宏大，不足以包裹起一座永驻的丰碑

我只剩一连串没有写下的颂歌

为纪念一些男人和女人的颂歌

他们无与伦比的勇敢、奉献
自我牺牲随生命一同死去，不为人知
直到永恒 也无人知晓

当我想到这里，就渴望有一个不朽的证人
只有他能知晓，只有他会记得

听我

听我，主，因我是个罪人，这意味着除了祷告我
  一无所有。

请护佑我远离那些干枯和无能的日子。

当燕子的飞行或花市的牡丹、水仙和鸢尾都不再
  标志你的荣耀。

当我被嘲笑者包围，不再能，反驳他们的说法，
不能记得你的丝毫神迹。

当我因参加宗教仪式而似乎变成一个伪君子和骗子。

当我谴责你确立了死亡这一普遍规则。

当我最终预备向虚无躬身，称尘世的生命为魔鬼的杂耍。

堕落

关于自我的高级概念已被摧毁
藉由镜中的一瞥，
藉由年老的无能，
屏息盼望某些痛苦
不再重现。

为此，无数众人感到羞辱，
包括其它世俗的造物
谁看似能凭极好的谦逊精神忍耐：
一只猎鹰不再能敏捷地抓住一只鸽子，
一只瘸腿的鹳鸟被他的族群判决驱逐，它们飞升远去。
四季的年轮，陷入泥土。

天界的神力对此有什么可说？
他们在午后散步，他们通告。
此处是我们，彼处是所谓的自然王国。
更糟的却是，拥有意识或缺乏意识？
好吧，伊甸园没有镜子。

新时代

我的肉身无意执行我的指令
它失足于一条径直的小路
为拾阶而上　它历经艰辛
对此我报以嘲讽　我冷笑

笑我松垮的肌肉　拖沓的步伐　笑我的盲目
笑对一切深沉往昔里的参数

所幸我仍在夜晚作诗
尽管那些在清晨所写下的
在随后的白天里我就不能理解
放大的电脑字符来援助我
我设法足够长命才看见了　那些字符
就是一种好处

眼睛

我最尊贵的眼睛，你不在最好的状态。
我从你那里收到一幅不那么尖锐的影像，
若一种色调，那时已经暗淡。
你们曾是一群皇家灰狗，
我愿每天清晨同你们出发。
我这敏锐至极的眼睛，你们看到了多少事物，
陆地和城市，岛屿和大洋。
我们一起迎接过无边的日出
当清风引着我们在
晨露微干的小径上奔跑。
现在你的所见乃是我心所藏
转换成一段段记忆或一片片梦境。
我缓慢从这世界的游乐场离开
并且我注意到自己厌恶
那些滑稽的装束，尖叫和鼓声。
解脱了啊。我只与我的冥思独处

因人类基本的相似性
以及他们微不足道的相异性。
不用眼睛，我凝视着一个亮点，
它逐渐增大并将我带入。

层叠的人

每当太阳升起
就照亮愚蠢与罪恶
它们在记忆的角落隐匿
又在正午隐形。

此处行走着一个层叠的人。
在他的上层　一种清晨的脆嫩
其下　几间暗室
进入令人恐惧。

他请求宽恕
向那些缺席者的灵魂请求
就是那些在下层深处　在被掩埋的咖啡馆桌子前
叽喳的人们。

那个人在干什么？
他害怕一个判决，
例如，此刻，
又或是，生后。

雅贝斯诗选

[法国] 埃德蒙·雅贝斯 刘楠祺 火尹 译

【诗人简介】 埃德蒙·雅贝斯 (Edmond Jabès, 1912—1991)，法国当代著名诗人、作家、哲学和宗教思想家，犹太人，生于开罗，卒于巴黎。雅贝斯 1943 年开始写诗，1959 年出版第一部诗集《我构筑我的家园》。1990 年，他的诗全集《门槛·沙》与读者见面。雅贝斯在其诗歌及其他文类著述《问题之书》《相似之书》《界限之书》等中，均贯穿着因流亡经历而重新审视自己的犹太人身份和对犹太教经典教义的研究和反思。1987 年，雅贝斯因在诗歌创作上的成就荣获法国国家文学大奖。更为重要的是，他对后现代诗歌以及对莫里斯·布朗肖、雅克·德里达和加布里埃尔·布努尔等哲学家的思想影响，已勾勒并界定了一幅后现代文学文化景观，对 20 世纪后半叶的诗人和作家们产生了极为重大的影响。

为我的读者而歌

读者呵，这部歌集里，你找不到我最爱的歌。它藏身他处，藏于你眼睑上投下光芒的风中。那吹拂的一瞥呵……你入睡时，必会听见我的歌。

我并非黑夜的领唱者。我在你的笑里，是你的笑声，在你的哭泣里，是讶异你泪水的胡蜂。世界的全部汁液在你的唇上。一旦你醒来，必会唱起我的歌……

为两种笑而歌

笑声在水里。你知道它做了什么？它让水开怀大笑。它洗得可仔细了，所以它能让那些既没水也没肥皂只有虱子在头发里的倒霉的笑丢脸。这笑是全白的。你可能会说那是一只被驯服的螃蟹。他动了动它的头——我想这意思是"你好"。它拨了拨它的手——我想这是在说"回见"。它试图让我闭上眼睛因为它害羞。别指望我会对这笑生气。从前有一次它已经快淹死了。

陌生男人之歌

我在寻找
一个我不认识的男人，
从我开始找寻他

他便再也绝不是我自己。
他是否有我的眼睛，我的手
和所有那些像是时间之
海难漂浮物的思绪？
有着一千场海难的季节，
海已不再是海，
而是冰冷的水墓园。
还会走得更远，谁知道它会怎样继续？
一个小女孩儿倒退着唱歌
并在夜间统治树林，
她是牧羊女，她在羊群中。
从盐粒上绞掉干渴吧
没有喝的东西可以解渴。
像我一样无处存身的
一整个世界，连同它的石头
皆伤心欲绝。

陌生女人之歌

她倚树
而立。
她周身赤裸。
她是树的性。

她在等那个男人
而世界就要从
他们的爱中诞生。

她神色苍白。
她即是爱情。
而男人往她耳中吹入
一串他兄弟们的名字。

她已死
而男人还在述说。

最后的犹太孩子之歌

——献给埃迪丝·科恩

我的父亲吊死在一颗星星上，
我的母亲流淌在一条河里，
母亲闪光
父亲暗淡无光，
在否定我的夜晚，
在摧毁我的白天。
石头不重。
面包似鸟
它飞时我看着。
血涌上我的脸颊。
我的牙寻找一张不太空的嘴
在地里或水中，
在火里。
世界通红。
所有铁栅皆是矛。

死去的骑手总在
我的梦里、我的眼中疾驰。
在失去的乐园那饱受摧残的躯体上
绽放出一枝玫瑰，绽放出一只
我再也攥不住的玫瑰之手。
死之骑手掳走了我。
我生来就为爱他们。

带彗尾的长耳枭①

算命的女人
轻信的夜向她问卜

关于死人关于先知关于海滨
明天是一卷泡沫之书

不耐烦的她打破被命名星辰的
外壳，其地球副本
是座座花园和湖泊

深渊的姐妹
只一啄
便唤醒了那源泉

———————

①长耳枭（chouette），又有凶兆预言者之意。

太阳之地 ①

有个告示牌上抻出利爪的国度
并不是人人都能够进入
那里石头置身大地惨遭蹂躏的眼皮之外
阴影对清晨碰着
运气几多渴望果实的树瘤郁结令枝桠
从根子
便失去活力
一国一城在一堵墙的脚下
孩子们在那儿捕风嬉戏
弄瞎了风儿蓝色的大眼
姑娘们在午夜拽起烈酒般的
裙裾
我的爱一国一城一个房间
被窗扉上的润滑油延展
被降临的黄昏之石英截短
那里门闩是盛着梦钥匙的锁盒
你在其上写下名字
那里水在指间流淌
当灯开始明灭闪烁
我的爱一国一城一个房间一张床
宇宙萌芽，于那蜘蛛、叶子、山猫的肉趾中
我们听到生命使沉默之血管

---

① "Soleilland" 是埃德蒙·雅贝斯自创的词，今从英译
"Sunland"，译为"太阳之地"。

膨胀

万物以自己的方式

猜度自身也自我庆幸

我的爱一国一城一个房间一张床一位死者

开始铺展

当万籁俱寂

我从未对你谈过他

我的兄弟我的盟友

唯有他记得

把冻僵的灵魂念珠不时摩挲

苦痛在阴影上

燃起大火他的两鬓无意中

变为虹彩

我的爱一国一城一个房间一张床一位死者一片屋顶

灰姑娘用她的裸足

激起河面节日般的银铃声声

乐队制造狂欢的金粒闪亮

在灰发的头顶之上

我们用与我们歌唱一样的方式杀戮

有位姑娘遗落了她那串"不在乎"的浆果

和她的焦虑之百灵鸟

镜子里的季节

甩下它们作弊的纸牌

我的爱一国一城一个房间一张床一位死者

一片屋顶一串项链

错误并不与我们剥去其掩饰的鱼骨同在

也不伴阁楼里避难的珍珠之左右

水手自有拿手的韵脚

他的女孩露出鱼翅搭扣
和一条分层的麂皮腰带
我的爱一国一城一个房间一张床一位死者
一爿屋顶
我归还了项链
我的爱一国一城一个房间一张床一位死者
屋顶塌陷
我的爱一国一城一个房间一张床
死者被掩埋
我的爱一国一城一个房间
床铺凌乱
我的爱一国一城
房间空荡
我的爱一个国家
哪座城曾是
我的爱我们的爱
没有一个国家

变形的世界

火焰的方式，坚持一丝
不苟
为翌日比赛，出发时间已定
矮人们，摩挲四季的肚脐，得到
欢呼喝彩
鸟儿们参与世界的变形
远走高飞以使众星终得展翅

头朝下，脚便不再有存在的理由
除非破云而出
火陷落幢幢屋宇为他自己
人可没有要求如许多暖热

被褫夺的瞬间

瞬间
之退化
被从它
骄傲的后代那里切断
被从它
或黑或白的祖先
那里切断

它累累的伤痕显露

金子有模仿的
天赋
有对坏天气的
渴望

在你的门槛上你将会懂得
我们被遗留给生命的那个瞬间

破碎的屏幕

我看见死者
第二次死去
当他们躺在海上
我看见他们
发明着桥梁
如果你经过
我会跟随你
在两场焚烧
两个火葬柴堆间
总有一个
风暴帝国
或青石板铺就的帝国
从游鱼
飞燕的
药瓶中饮下
毒之狂暴如果你
经过我会是
你构想的脚步
串起神秘的
执著我会花
必需的时间
凝神你的脸
白昼指望着
声音消亡的尽头
随后世界黑灯瞎火
我已看见死者

用我们的肺呼吸
而其下的大海
永存他们的声息
彼时你为每只天线
造出
一块忍耐的
破碎屏幕

春之契约

词语开拓出它们
进入矿井的道路却遗落了
我的声音沉默打翻了
墨水瓶笔被弃置不顾
我的两个太阳两条肥满的河流
大海悬浮树林之上
叶子记得时光
在庆贺它们的花开睡眠是
透明的果实夜
采摘自根根枝桠明日
没有阴影我们的传说
是个秘密于是晨曦耗尽
当被废黜的话语
对从未言说过的人开口
想化作乌有和血痕
揉皱的纸苍白的
攥成拳的手诀别无休无止

宇宙靠吞食遗忘——这星星们的
舞台而活人与自然
共享道法互为血亲
干渴归于尘世柔软庇护
血肉——这些同一的石
乃是梦有上百条其他的证据
水晶般清楚地支持泉眼盗取了
脸我们不再知道自己身在
何处向哪里发射热力
燧石的青春海滩
是荒原卵石遍地的港口
沙砾见证你们的
王国里爬虫与失偶的鹰隼
萦回盘旋时光的飞翔
作用于一名男生的翅膀
去追逐色彩追赶黄金
时代在那啄出眼睛的喙里
从树干斫下的树根
之毒化作永恒
我的呻吟属于一道伤口
我的歌是欲望的模具
死水是缺席者领主是另一个
以冰冷为形式的暴君
硫磺是季节性的是预示
灰烬的简单手势
火就在我们的门旁
发芽我们的田地已整
以便痛苦与希望

共轭耕犁
一旦被告知失败被剥夺的
双手便成为塑造我们的
手住过的城市
奴役你的高墙我在奔跑的
声音里奔跑那声音振响着
一个借来的名字我没有土地
除了大地因而那一天
找不到缝隙我没有王牌
只有在坚硬的石板路上
立足的运气
某种宿命与自己的呼吸
寻欢作乐，它的奴隶们的
誓约是解体的天堂
正午伴着桨橹的蜃景弥漫在
犁开的空气中海岸有
其玻璃的牢笼
在每一声哭喊中那一天都散成
碎片不安的女人发觉
冬天的威胁加剧了
我们的武器那苦涩的低语
那孩子肩担起
自食其力腰系
家族血脉之责那里有
我的爱如铩羽的鹰
峰顶成为基座唇吻
交出乐调那里
话语是致命的

深渊悲叹是语词
之床是含混声音的河
我的两个太阳被俘的一对镜面
雪将自己的发
拴上渐浓暮色的旗杆
头与彩虹、打开的书
一道最后一个沉入黑暗
虚妄的胜利徽章
是提供给回声的
靶子手掌伸向猎物
伸向已写下的春之契约

安德雷森诗选

[葡萄牙] 索菲娅·安德雷森 姚风 译

[诗人简介] 索菲娅·安德雷森 (Sopiha de Mello Breyner Andresen, 1919—2004)，出生于葡萄牙北方城市波尔图的一个贵族家庭，12 岁开始写诗，后到里斯本攻读古典语言课程，开始和许多诗人交往。婚后她开始做全职母亲，继续诗歌创作，并写作儿童文学。葡萄牙进入独裁专制时期后，她以诗歌为武器，揭露和抨击萨拉查的专制主义，同时积极投身政治活动，曾参与营救被囚禁的政治家的"援助政治犯委员会"的创建工作。1975 年她被选为国会议员。她在葡萄牙文坛享有崇高的声誉，被誉为"葡萄牙诗歌女皇"。1994 年葡萄牙作家协会授予她"文学生涯奖"，1999 年荣获葡萄牙语世界最高级别的文学奖项"卡蒙斯奖"，成为第一位获此殊荣的以葡萄牙语从事创作的女作家。她逝世后栖身于葡萄牙国家先贤祠。她的主要作品有《诗歌》(1944)、《大海的白昼》(1947)、《珊瑚》(1950)、《在分离的时间中》(1954)、《新的海》(1958)、《第六书》(1962)、《地理》(1961)、《双重》(1972)、《万物之名》(1977)、《航海》(1983) 和《岛屿》(1989) 等，此外还有评论、儿童文学作品及翻译作品。

你是谁

你是谁从黉夜里走来？
脚踏着一路银色的月光，
头顶着树叶沙沙欢响。

完美来自你的足音，
充盈的和谐
因你的莅临而苏醒。

夜的故事是你手臂的姿态，
风的气息是你的年轻，
你的步履是道路之美。

等待

我送给你一整日的孤独
在荒凉的海滩，我以戏沙为乐
潮汐滚滚，打碎了寂静
对我咆哮着永远的羞辱
就这样，我漫漫等待
等待你的身影破雾走来。

启程

一

像一朵不知名的花开放在你的手指间
无尽的和谐之美在舞蹈
花园被月光和秘密侵占
你拥有无法言说的幽寂。

二

你的双手带来了我的世界
你的手势向我流淌着
浩渺的星辰，深邃的海洋
神话始于你的双眼。

我在你身上认识了逍遥的花园
你向我诉说岩石的生命
我们携手闯进瞬间的静寂之声
编织的秘密之中。

三

你的双眼是湖水，是清泉
你全部的人生是
沉重、清晰、忧伤的幻梦
萦绕于山峦和松林的风景。

你读出的每一个词语都是黑夜

万物皆深沉博大、缄默寡言
与你相仿。

抖落云朵

抖落你头发上的云朵
驱散掠走你目光的飞鸟
叫醒比石头更沉重的梦境。

哪怕我的动作把你刺穿
让你自孤独滚入尘埃
哪怕我的声音烧焦你呼吸的空气
你的眼睛再不能看见我
因为我来了，你要看见我。

女先知

她们在坚硬的洞穴里
双眼完全失明，也没有爱情
仅用一把神火来喂养空虚
而阴影以同样没有躯体的恐惧之光
正在把昼与夜消融。

她们从黑夜的深处
采摘硕大的朝露
采摘力量凝结的汗珠

当词语撞击四壁
如受困的鸟儿盲目扑飞
拥有翅膀的恐惧
如钟表在虚无中发出尖叫。

这一天

这一天，大海翻滚、雾霭缭绕
你的脸近在咫尺。

天际线漫长
风吹出节奏
那些飞鸟
自季节的初始
便迁移筑巢
为在返回的那一天走进你的目光。

那些对你的脸
有永久记忆的飞鸟
一直在你的梦中飞翔
仿佛你的目光是它们的天空。

死去的士兵

无垠的天空凝视着他的面孔
他的面孔绝对而茫然

此刻风吻着他的嘴
而他再不会把任何人亲吻。

他的双手抱在胸前
守护着诺言的冲动。
他的双肩释放出一个期待
午后变得支离破碎。

阳光、时间、山丘
抱着他的头颅痛哭
哭他被利用被丢弃
天空有鸟倏然掠过。

这样的时光

这是树林里
最阴晦的时光

甚至蓝天都是栅栏
甚至阳光都是污垢

这是黑夜
豺狼麇集
苦难沉重

这是人们说"不"的时候

这就是我

这就是我
脱掉所有的衣装
远离神机妙算的占卜者和诸神
只为独自面对静寂
面对静寂和你脸颊的熠辉

然而你是所有缺席者中的缺席者
你的肩膀不是我的依靠，你的手握住我的手
沿着你未栖居的时间之梯，我的心孑然而下
你找寻的
是莽原，静寂的莽原

漆黑的是夜
漆黑而又透明
但你的脸庞却在黑暗的时间之外闪现
我没有憩息在你静寂的花园
因为你是所有缺席者中的缺席者。

流放

当人人忍辱负重，噤若寒蝉
祖国已不是祖国
甚至大海的声音都在流放
甚至围绕我们的阳光都是铁栏

敏感的人

敏感的人没胆量
杀一只鸡
但是有胆量吃鸡

钱散发着穷人身体上的臭味
和他们身上衣服的臭味
他们的衣服
雨淋湿后被身体烘干
因为穷人没有另外的衣服
钱散发着穷人的臭味
散发着他们衣服的臭味
那件衣服流汗后没有洗过
因为他们没有另外的衣服

"你用自己脸上的汗水挣来面包。"
上帝这样告诫我们
而不是
"你用别人脸上的汗水挣来面包。"

噢，那些在神庙前贩卖祭品的商贩们
噢，那些为大人物竖立笨重而劣质的雕像的
建造者们
哦，他们满怀虔诚，却捞尽了好处

上帝，请原谅他们
他们只会做这样的事情

为了和你一起穿越世界的荒芜

为了和你一起穿越世界的荒芜
为了和你一起面对死亡的恐惧
为了得到真理，驱除怯懦
我与你同行

为了你我放弃我的王国，我的秘密
放弃我短暂的黑夜，我的安谧
放弃我浑圆的珍珠和光泽
放弃我的镜子，我的生活，我的影像
放弃天堂的花园

此地阳光灿烂，没有面纱遮挡
没有镜子，我也看到我的裸体
而荒芜被称作时间

因此你用你的手势为我穿上衣裳
而我学会了在狂风中生活

满腔怒火

我满腔怒火地谴责煽动人心

谴责语言的资本主义

要知道语言是神圣的
人从很远很远的年代把它带来
把自己的灵魂托付给它

自很远很远的创世起
人民就用语言认识自己
为石头鲜花和水起了名字
因为人说话才出现了万物

我满腔怒火地谴责煽动人心
它在语言的阴影里煽风点火
把语言变成权力和阴谋
把词语变成钱币
就像对待麦子和土地那样

若昂·卡布拉尔诗选

[巴西] 若昂·卡布拉尔 胡续冬 译

【诗人简介】若昂·卡布拉尔·德·梅罗·内托 (João Cabral de Melo Neto, 1920 — 1999)，巴西 20 世纪后半叶最重要的诗人，巴西现代主义诗歌的集大成者。生前便被视为大师和活着的经典。他出生于巴西东北部伯南布歌州的首府累西腓的一个庄园主家庭，童年在历史活化石般的伯南布歌州甘蔗庄园里度过，这使他的不少诗歌都涉及到此期记忆，具巴西东北部贫穷腹地的地缘情结。1945年始，他开始外交官生涯，除 1952—1954 年中止，后持续从事外交工作至 1990 年。1945 年，他出版第二本诗集《工程师》后，诗歌声誉鹊起，至 1954 年出版第一部诗文集时，已被看作二战后巴西诗人的领军人物，被誉为第三代巴西现代主义者"45 一代"的灵魂。他篇幅最长、最知名的作品诗剧《冷峻者的死与生》被巴西最伟大的流行音乐作曲家谱曲并搬上了舞台，使他得以广泛"流行"。诗人多次获得诺贝尔文学奖提名，荣获多种奖项，包括葡萄牙语国家最高文学奖项卡蒙斯奖 (1990)、美国诺伊斯塔特国际文学奖 (1992)、巴西最高国家文学奖雅布蒂奖 (1993)、伊比利亚美洲诗歌索菲娅女王奖 (1994) 等。他去世后，有论者称此"给巴西当代诗歌造成了一个巨大的断裂，这一似乎永无可能填充的断裂将会揭示巴西当代诗歌的重重问题。确切地说，事实上，他没有任何替代者或者直接的衣钵继承者。这是他那令人绝望的风格独特性所造成的，那种刀子的风格、叶片的风格。他的泛现实主义的反抒情的语言之无比尖利，像沙漠一样干燥、灼人。"

伯南布哥的海岸

大海在沿着陆地扩展
通过一波接一波的海浪
它们渐次展开，直到出现了
另外的大海的干燥的浪

那些沙之浪，靠前面一点，
在泥滩上渐次展开，
接着展开的是枯草之浪
疯狂的龙爪茅，叶片像锉刀

蔗田里的甘蔗浪也渐次展开
展开的浪通常触发了更多的浪
在更加遥远的地方，地平线上
一片平坦的原野也在展开

就好像一切都是大海
涌动着更多的波浪，展开了
与一片尖锐的绿、与卫生学相近的
同样一方自然界：

一切都在东北上空
铝一般的太阳之下，
没有任何事体可以把星期天
带进荫凉之中

一切都在布满金属矿的天空下

它组织着石头内部的冷漠
包围了那一整片地方：
和产下婴儿的洞穴一模一样。

累西腓的旅游广告

这里的海就是一座山
匀整、圆润的蓝色的山，
比礁石和南边平坦的滩涂
还要高出几分。

在这段海岸，从这片海里
你们可以抽取出
一丝精确的、数学一般
或是金属一般的阳光。

在老得、颓得、狭长得
都恰如其分的城区里
在河的两边，都挤满了
石灰质的肩膀。

借着倾颓，你们可以学到
什么是成熟：在建筑里
亦有一种写作中的
轻盈的平衡感

在这条贫瘠的河里

血一样的泥浆缓慢地
在水泥和硬化症之间循环
它的流动可以忽略不计,

那些呆滞的人群
被这条黏稠的河所裹挟
他们正在死去,内心生活
在一丝一缕地腐烂

你们可以学到,人
始终是最重要的度量衡。
但是:人自身的度量衡
不是死亡而是生命。

海和甘蔗田

海的确向甘蔗田学到了
它的诗句里地平线般的雄辩,
成捆的田园气,不间断,
大声说话和相应的安静。
海的确没向甘蔗田学习
在激情的潮汐中上涨,
用锤子猛杵海岸,
碾碎沙子使其更像沙子。

甘蔗田的确向海学到了
在匍匐的波纹中前进,

小心翼翼地扩散，从汁液开始
一个洞接一个洞地伸展到甜的潮汐。
甘蔗田的确没向大海学习
甘蔗膨胀时的无限感，以及
扩散时没有那么沉重的、
海的大片大片的节制。

被石头教育

被石头教育：一课接一课；
学习石头，经常去它那儿，
抓住它不太突出的、没有个性的声音
（通过它开始上课时的措辞）。
一堂道德课，它的冰冷的忍耐
在体内反复流动，被锤子砸着；
一堂诗学课，它的具体的肌体；
一堂经济课，它简洁地紧凑着：
石头的课程（从外到里，
缄默的手册），供人拼读。

另一种石头的教育：在东北腹地
（从里到外，还没有教学法）。
在腹地石头不知道怎么授课，
如果它授课，它什么都不教；
在那儿向石头学不到什么：在那儿，石头，
天生的石头，砸穿了灵魂。

水的模仿

在床单的一侧，
已有如此的海景。
你就像是一簇
躺在海滩上的波浪。

一簇正在停下来或者
更好一些，正在隐忍中的波浪：
它会在一瞬间容纳下
它的液体树叶的低语。

一簇恰好在
波浪的眼皮从它自己的瞳孔前
耷拉下来之时
停下来的波浪。

一簇在成倍增长时
被扰乱的波浪，它会
自己停下来，一动不动，
停在它浪尖的高度上

并使它自己成为一座山
（在地平线上耸起，固定下来）
但在变成山时
它仍将继续是水。

一簇将在有限的海滩之床里

保持其无尽的天性
的波浪，它与大海
分享着无尽；

在它的静止之中
似有诸多的不确定，
有一种涌动的馈赠，
能使得水变得阴柔至极。

而你从液体之中
复制了深水之下的天气、
阴影中的亲密以及
一个拥抱，确凿无疑。

黄色之王

1
丛林茂密的土地出产并炫耀着
一种富足的黄色（如果不是金属的黄色）：
西番莲和芒果的黄色，
海岸蔷薇果的黄色，腰果和南酸枣的黄色；
植物的黄色，有着闲散的太阳的欢乐，
黄色尖叫着在光的边缘游荡，如此欢乐，
以至于太阳从植物升至矿物，
甚至可以把皮肤都抛光成燃烧的金属。
只不过，另一种黄色弄疼了视线，
一种无光泽的伤痛（太阳没有将它点燃）：

逊于植物的黄色，如果是动物的话，
就是一只铜的动物：可怜且锈烂着。

2
只不过，另一种黄色弄疼了视线
如果是动物的话，那就是人：有着人的躯体；
有身体、生活和一切分泌之物
（舌苔或汗水，浓缩的胆汁或鼻涕）
乃至承受之物（悲凉感的黄色，
文盲的黄色，流泪过活的黄色）：
那里的人身上的黄色与日俱增
变成了一片沼泽，变成了一大捆包裹。
虽然在那里相当普遍，这种人身上的黄色
依然可看（尽管只有异人才能看见）：
通过那里的烈日下延宕的干旱，
通过鲜活的口水溅出来的"呸！"字的水洼。

蔗糖的精神分析

1
水晶般的蔗糖，或者工厂里的蔗糖，
展示了白色最不稳定的一面：
累西腓的人很清楚地知道这白色
只能持续多么短暂的时间。
知道在最最短暂的时间里
水晶就能成形，蔗糖顶端的水晶，
凝结在古老的背景、在那些粗糖

那些黏稠地转化着的粗糙之上；
知道一切都会在最最短暂的时间里
被破坏，水晶具备批评的能力：
因此最深处的粗糙即刻浮现了出来
它盼望着地狱或是夏天将蔗糖玷污。

2

只有小作坊的还在从
混有泥浆的天然蔗糖里提纯；
大工厂已经不这样做了：它教育蔗糖，
从蔗糖的幼年，而不是从它的成年开始；
在真空和涡轮机的医疗站里，
在工业人士的金属手掌中，
大工厂把糖浆中的褐色提升成
水晶中的颂歌：它不提纯糖，它治疗糖。
但是，由于甘蔗如今仍需要
农业人士的泥浆手掌来种植，
黏稠的前幼年时代即刻浮现了出来
它盼望着地狱或者夏天将蔗糖玷污。

针

1

在东北海滩上，一切都在忍受着
各种最纤细的针状物的锋芒：
首先，是阳光之针的锋芒
（令眼睛和裸露的皮肉感到刺痛），

阳光熔进这片的天空中坚硬发蓝的
金属里，熔进坚硬的光亮中，
再被石头一样坚硬的海磨尖，
那海里连闪亮的鱼都是坚硬的，像锌。
其次，是空气之针的锋芒，
在柠檬酸的海上被信风蒸着，
像是在消毒，消毒以后的空气之针
就可以刺入垃圾和生灵的地界。

2

然而，在东北海滩上，
并非所有事物长着针、薄成片：
比如，经常造访这里的信风
并没有在风袍下藏着兵刃。
风到其他地方经常带着
金属之制成的匕首，无比傲慢，
在东北风吹得很清新：钝得
像棉花一样；弯曲、柔软的风。
即使在八月，灌木丛的轻风
生长成米卢埃拉丛林风，
风一拳砸进了金属之中：
尽管很有力，但总是钝的。

腹地农民在说话

1

腹地来的农民变着腔调说话：

从他嘴里出来的词语像是包装好的蜜饯
（糖做的词语，丸状），裹在光滑的
语调的糖衣里面，变得更甜。
但在话音的底层，石头的内核
依旧尖利，来自岩石之树的石头杏仁
落回了他的家乡：
它只能在石头中表达自己。

2
正因此，从腹地来的农民很少说话：
词语的石块磨烂了嘴，
用石头的语言说话是疼痛的；
使用这种语言的当地人说话都用尽全力。
正因此，他说话很慢：
他必须小心地搬运词语，
他必须用舌头使词语变甜，使它们变成糖；
你看，这工作多耗时间哦。

拣豆子

1
拣豆子和写作紧密相连：
把豆子放进盛满水的陶盆里
就像把词语放在一页纸上；
然后，扔掉浮起来的豆粒。
没错。词语在纸上漂起，就像
在寒冷的水中，只有动词坠入水底。

因此，为了拣出豆子，要把它们吹干，
吹走轻飘的、干瘪的，吹走枯草和回音。

2
现在，拣豆子的活儿变成了冒险：
在那些结实的豆子之间，仍可能混有
别的东西，石子儿或者不可消化之物，
难以咀嚼的颗粒，会把牙齿崩裂。
不一样的是，在挑拣词语的时候，
石子儿会是一个句子里最有活力的颗粒：
它堵塞了顺流直下的阅读，使其左右游移，
它以冒险为诱饵，刺激我们的注意力。

作为旅行的文学

正确的作者都有
开辟一个空间的能力，
诸多美好时辰寄生于此空间：
时空一体，就像一片森林。

周末、节假日可去那儿逛逛，
那儿更是退休以后的大好去处：
乡野中的宅子里什么都有
卡米洛，泽·林斯①，普鲁斯特，哈代。

---

①卡米洛为19世纪葡萄牙作家，泽·林斯为20世纪巴西
作家。

阅读的路线相互交织，
又不可思议地融会在一起；
阅读不但没把我们带到准确的城市
反而还给了我们另外的国籍。

当读已成为被读之时
已经不可能在地图上找到方位：
在哪儿读过或者住过阿尔维蒂？
卡迪斯①该怎么拼写、怎么走去？

①阿尔维蒂为 20 世纪西班牙最重要的诗人之一，卡迪斯
是西班牙地名，阿尔维蒂的故乡。

赫鲁伯诗选

[捷克] 米罗斯拉夫·赫鲁伯 徐伟珠 译

【诗人简介】米罗斯拉夫·赫鲁伯 (Miroslav Holub, 1923—1998)，当代捷克最具国际影响力的诗人，被视为捷克文学和文化的代表作家之一。他的诗歌已译为世界上四十种不同文字，特别在盎格鲁萨克森世界，赫鲁伯更是名震一方，卓尔不群。他的诗集大多有英译本，在英格兰南部有个诗人俱乐部就干脆以这位捷克诗人的名字命名。作为免疫学科学家，赫鲁伯在科学领域的研究同样出色，毕生撰写了 150 多篇学术论文，出版有科学专著，曾被美国的欧柏林学院授予荣誉博士学位。然而，相对于他的文学创作，赫鲁伯的国际声誉还是由他的诗歌奠定的。他创作实绩丰厚，先后出版 16 本诗集和 10 本散文随笔集。他为捷克文化走向国际作出了很多贡献。知性诗创作可谓赫鲁伯的典型风格，他的自由诗风格接近散文。他回避传统的抒情方式，立足于知性和思想，否定主观的个人独白，以科学家的理性目光分析和审视世界，用准确的文字表达内心想象，把诗意深藏在准确表达的美学思维里。他的诗犀利简明，言之有物，架构合理，诗句笃实古朴，语义清晰，具逻辑性，又富含智性、幽默和超现实主义元素，常令读者忍俊不禁。其诗虽受超现实主义影响，略显奇特，但通俗易译。

病理学

在此躺着去拜会了上帝的
可怜虫们的舌头，
将军们的肺，
告密者的眼睛，
刽子手的皮肤，

在望远镜镜头的
绝对里。

我在肝脏的旧约叶片上翻阅，
在人脑的白色纪念碑上阅读
乱码
解析。

嘿，基督徒们，
天，地狱和天堂
在一个个酒樽里。
没有哀嚎，
也没有叹息。
只有尘埃在呻吟。

历史沉默，
由毛细血管
过滤。

平等无语。友谊无语。

从死者痛苦的三色绶带里
一天又一天
我们将智慧的线
捋出。

夜间的死亡

高高地，高高地

她把最后的话吐到了天花板上
像漂浮的云。
餐具柜哭了。
围裙颤抖了
仿佛覆盖了一个深渊。

事后。年轻人都上床睡去了。

然而到了半夜
死去的女人爬了起来
吹灭了蜡烛（燃着它们是浪费）
飞快地补完最后那一只长筒袜，
在放桂皮的罐子里
找出她的五十克朗，
把它们放在桌子上，
找出了遗落在碗橱后面的剪刀，
找出了那只手套，

它是在一年前丢失的，
检查了所有的门把手，
拧紧了水管子，
喝完了杯子里的剩咖啡

然后再倒头躺下去。

早上她被运走了。
是焚烧的。
骨灰粗糙得
像常见的
褐煤
灰。

发明

节日里，身穿白袍的智者们走到前面，
历数他们的工作，国王盖洛斯仔细倾听。

噢，君王啊，第一个人说，我为御座发明了
一对翅膀。您将天马行空进行统治。——所有
议员都欢呼鼓掌，这个人得到了重赏。

噢，君王啊，第二个人说，我制作了一条全自动的
骁龙。它会主动将您的敌人击溃。——所有
议员都欢呼鼓掌，这个人得到了重赏。

噢，君王啊，第三个人说，我创造了恶梦
抓捕器。现在再没有什么能干扰您高贵的睡眠。——
所有
议员都欢呼鼓掌，这个人得到了重赏。

只有第四个人说，今年这一年，整整一年我
一事无成。我动手做什么，什么就
一团糟。——议会鸦雀无声，聪明的国王盖洛斯
也沉默不语。

后来了解到，那第四个人乃
阿基米德。

门

去吧，把门打开，
也许外面有
一棵树，或一片树林，
或一个花园，
或者一座神奇的城。

去吧，把门打开，
也许有一只狗在挠门。
也许你会看见一张脸，
或者一只眼睛，
或者一幅
画中画。

去吧，把门打开，
如果门外有雾
它会坠落。

去吧，把门打开，
即便只有
滴答作响的夜色，
即便只有
空洞的回响，
即便
那里
什么也
没有，
去吧，把门打开。
至少
穿堂而过的风
会在。

痛斥大海的人

有人突发奇想
攀上礁石去
痛斥大海：

愚蠢的水啊，愚蠢透顶的水，
你就会把天空翻版，

脚踩太阳和月亮两条船，
琐碎得连贝壳都要历数；
你这头乱吼的缠绵公牛，
用自己的血给礁岩受精；
你这把自戕的剑；
在任何一个海角和沙滩都撞得头破血流；
你这条九头蛇，夜的碎片，
吐出咸涩无声的云朵，
张开果冻般的翅膀，
徒劳，徒劳，
女妖，吃你自个儿的躯体吧。

水，你这无聊呆板死脑瓜的水啊——

就这样他把大海痛斥了一通，
大海舔着他留在沙滩上的足迹，
像一条受伤的狗。

然后他从礁石上走下来，
亲抚
这一小片无比汹涌的镜子般的大海。

你是知道的，水，说完——
转身扬长而去。

有什么新闻

雪地里有什么新闻？
脚印纷繁。
金色的印迹，紫色的印迹，
就像被宰杀的绵羊皮毛。

沙地里有什么新闻？
远方的城市，
每一座雕塑都在眺望。
某个罗得的妻子，
回头一望，
慢慢变成了石柱。

镜子里有什么新闻？
乳房像两只小牛犊
孪生的小狍子。
而所罗门国王，
他撒谎了。

里边有什么新闻？
像电流仪的发丝，
像河水的涓涓细流，
有人在悄然一笑。
这就是了。

纽约地铁

这天黄昏，霍华德·路易斯先生
住址不详，沮丧而疲倦，
身穿灰色大衣头顶褐色礼帽，
决定搭乘火车 BMT 甘纳西线，
在第八大道的最后一站，他遇到
一位男子，一袭灰衣一顶竭礼帽
满脸沮丧又疲倦，犹如
霍华德·路易斯先生的面孔，
这时，就在空无一人的月台出入口旁边，
站着一位男子，穿一件灰外套，
面色沮丧，
他的脸一如霍华德·路易斯先生
并且木然呆望着肮脏的楼梯口，
上面走下来一位头戴褐礼帽的男人，
疲倦又沮丧，
俨然一张霍华德·路易斯的脸。

这时，穿过磨损的旋转木栅栏，
进来了一位妇人，疲倦又沮丧
住址不详，携手提包，头顶
褐礼帽，面貌跟所有的男人
如出一辙，也就是像霍华德·路易斯，而且
远处的脚步和面前忐忑紧张的脚步，
在暮色中驼背身影的脚步和灯光下惨白的，乃是来自
霍华德·路易斯的脚步，来自一个出发地住址不详及
现住址不详，来来回回转动着旋转木栅栏的人，撞击声

好像脑袋丢进了篮子里，或者在转栏后还可以看见
一个性别不明的人物，而且住址不详，其他完全如同
霍华德·路易斯，脚步清晰可闻，
脑袋，木墩，远处，灯光以及过道
吸进第八大道　第八大道　第八大道那块站牌
轰隆的声音越来越铿锵有力。

当火车驶离站台的时候，一阵旋风卷起
一张报纸，恰好翻到报道的那一页
一位住址不详，
命运和身份不明的人，
身穿一件灰上衣，戴一顶褐礼帽，
神情疲倦而沮丧。

关于精确性的简短沉思

鱼儿
总能精确地游向那里在那个时间段，
同样
鸟儿也拥有与生俱来的季节感
和方向感。

而人类呢，
匮缺这样的本能，只能借助科学
研究活动。以下事例可说明
其本质。

某个士兵
每晚六时整必须鸣炮。
作为军人他执行命令。在调查他的
精确性时，他说：

我严格遵照
那个绝对精确的天文钟，它摆在城里
钟表匠的橱窗里。每晚五时四十五分
我对着它校准好手表，然后出发
往山上走，我的大炮已严阵以待。
在五时五十九分我及时到达大炮身旁，
六时整我准时鸣炮。

毫无疑问
这种鸣炮方式是绝对精确的。
接下来还要检查一下那个天文钟。连
下面城里的那个钟表匠也接受了盘问，有关
他那个仪器精确性的问题。

哦，钟表匠答道，
这是史上最精确的仪器。你们试想，
这么多年来每晚六时整准时鸣炮。
而我每晚都会扫一眼这个时钟，
每次它恰好都指向六时。

精确性的话题到此打住。
鱼儿在水里畅游天空传来鸟群
扇动翅膀的声音，此刻

天文钟嘀哒，炮声轰然响起。

对于洪水的简短沉思

我们从小就懂得
洪水就是，当水流
将漫越过所有的界线，
淹没树林和草坡，小丘和大山，
临时的住所和永久的家园。

因此
男人，女人，德高望重的老翁
包括婴孩，还有田野里森林中的野兽
鼠类以及矮树妖
在最后突兀的岩石上挤成一团
慢慢沉入钢铁一般的汹涌洪流。

只有某种方舟……只有
某种阿拉拉特……谁知道呢。
关于洪水的起因众说纷纭
奇奇怪怪。历史本身是一种科学
建立在坏的记忆之上。

这种方式的洪水我们要轻视。

一场真正的洪水

看上去更像一个泥潭
像附近的沼泽地
像一只浸泡的大盆
像沉默
像一无所有。

一场真正的洪水是，当我们
嘴巴里冒出许多泡泡，
而我们认为，它们就是
话。

死人

第三次手术之后，心脏
就像沙漠里的靶被穿了个透，
在病床上醒来
他说：现在我已经如向日葵一样
健康。哎，你们有谁曾见过
马如何交配？

夜里他就死了。

而另一位战战兢兢
活了无滋无味的八年
好比酸河水里的藻类，
好比穿在铁钎子上
墓地墙上的面孔，毫无血色

最终这张脸消失了。

这两个人都被死亡天使
在冗长的弥撒上
用钉铁掌的鞋狠狠剁了一脚。

我知道，他们死于同样的疾病。
但我不知道，他们的死
是否同样。

水泥

一颗灰色的火山之星：
水泥的阴影，水泥的大地，
水泥的天空，水泥的树林，
水泥做的跷跷板，水泥的温柔。

几把破旧的小阳伞
扮起了角色，小丑变成龙，
龙变成小丑。噼里啪啦
天使们从天上掉落下来。

身穿发袍的执政官们在水泥的大门边
等候着粗人们。而粗人
已经不存在了。
只有石头般的指挥官

抬起我们皮肤的墓碑
在垂直的黑暗里尖叫。

水泥的墙壁，水泥的思想，
水泥的精子，水泥的头发。

当我们爱抚的时候，身上的沙子哗哗剥落，
需要
好一点的水泥了，
血液已经太多。

娄岱森诗选

[荷兰] 汉斯·娄岱森 汪剑钊 译

【诗人简介】 汉斯·娄岱森 (Hans Lodeizen, 1924—1950)，原名约翰内斯·奥古斯特·弗雷德里克·娄岱森。出生于荷兰阿姆斯特丹远郊的纳尔登镇。娄岱森的处女诗集（也是生前最后一部诗集）《内包装》出版于 1949 年。这部诗集属于"诗体日记"式的写作，出版后马上引起了批评界广泛的注意，被认为代表了荷兰现代诗所出现的某种新倾向，成为被后来命名为"50 一代"诗人的一个先声。遗憾的是，翌年，诗人"壮志未酬"，便死于白血病，年仅 26 岁。身后，朋友们帮助整理了他的遗作，以《内包装及其他诗作》为名于 1954 年出版。他的作品在创作风格上体现了超现实主义的自由写作特征，具有很强的印象性和日常性。诗人非常善于运用远离外部世界的抽象性来代替某些社会性主题，同时也会运用植根于自我的个性化声音进行诗歌内部的探索，在书写脆弱与敏感时隐晦地表现了对生活的渴望和对死亡的思考。

他们并不愿意服从我的手指

他们并不愿意服从我的手指
他们在飞行中找到乐趣
他们认为生活就是中小学的更替
而大地只是他们玩耍的操场

他们沿着草地奔跑
他们从母牛身边走过
他们一路小跑前进

我独自一人我离群索居
他们从我身边走过这是另一个
他们是另外的从我旁边走过
我在幻想中爱他们。

所以我幻想：在寒冷的小屋中
做一只壁炉，做一个
充满了淫欲和仁慈的怪人。

壁炉的内部吸入了我的爱。

倘若我仍然生活在中世纪的
城堡，我快乐地策马
冲向世界，那么我会是一名骑士
自己快乐的主宰者。

但如今我居住在一个狭小的
房间在别人的住宅内
但是水滴通过我的眼睛
流淌出来而在我耳朵的礁石上
罗累莱①在歌唱。

到处是城市

一座城在建筑群的上空摇晃

早晨在屋顶上漂浮
朝向城市
太阳在建筑群中间升起来
伴随鸣钟的音乐
人们在黑暗中散步
十一点钟

太阳把光线注入屋顶

在远方的海滨
天空之海安静地躺着
铃铛的船只在海中
闪烁

---

①罗累莱，欧洲传说中的女妖，经常坐在礁石上唱歌引诱
过往的船只与水手。

在城市的大肚子里
我们啜饮咖啡

而城市挂起白帆漂浮得更远。

城市——这是一出木偶戏

与你共存的幸福
在往昔，轮船的汽笛
在未来，我作为一名水手
透过舷窗
思考着海洋

一只手中的一切根本不够
将自己的灵活性奉献
给与你共存或你不在的幸福
作为一名舞者将任性的满足通过心的
门槛带到我们的眼睛底下

倘若我带上那样的纸袋
那样的存钱罐放入就可以把事实
装进箱子在小船上
包装濒死者最后的快乐
就可以在永恒之浪中遗忘。

我领悟了生活的形而上学

1
我领悟了生活的
形而上学
在那个有弹力的时刻
我握起月亮像一个皮球
攥在手心

那时一切变得轻松
如同黄昏的微风；
一根线在树木中间悬挂
我的问题击打
天空如同敲击钢琴的键盘。

永远没有答案。

2
我们的状况毫无希望
幸亏我们很快
将死去我将回忆起
我在海洋在大陆的旅行
而黄昏打扮得很漂亮

我将在其他国家
在里约热内卢巴黎罗马
在卡萨布兰卡散步
每个黄昏与一位男子一起

含着雪茄时而笑时而哭

我将四处闲逛。

你听

你听：
当我仍然与他一起
生活时，我们编织和拆解
一起创造世界
他的眼睛也是我的眼睛
他白皙的双手
我赞美雪花
在雨中欢笑

正午我在他的房间
度过在他的体内
行走或端坐，读书
或者睡觉，当我知道他耳朵的
路径和漂进他眼睛的
河流，当我在嘴唇上
奔跑玩弄他的双手
那么，经常遇见的是自己
时而笑时而哭，诉说着什么。
但是，
秋天来临，他走了
而今我自己也不是自己，我已随他而逝

我把自己的手伸向他的双手
我掉进腋窝我迷失于他的眼睛
我在他的耳朵里被缠绕
我迷失于他的体内
在他的体内淹没。

柔软的黄昏

1
柔软的黄昏像一只手
抚摩我的身体提醒
再没有比饭后比深夜之后
的宁谧更大的慰藉，
再没有比从大地千万朵花
和一抔抔泥土编结的
无瑕的我们梦之织品更好的宁谧，

我不再祈求；在旧字母的影子下
我的表姐妹沿着花园
奔跑黄昏在屋顶上呼喊
我知道一切将变成象牙的颜色
直到黑夜用它的手捂住
窗口和钟表缓慢地滴答响：
天暗下来我开始哭泣——

2
但你再也不要寻思，不要

寻思那些挥霍掉的钟点
它们吠叫如远处的丧家犬
你别再相信春天的气息
别再寻思海洋
很快我们都将死去
还谈什么回忆？谈什么爱情？

在春天的眼睛里

白色的合欢花开放
在春天的眼睛里，我无助的
心竖起棘刺加以拒绝
如此慵懒如此慵懒地卧躺
白色舌尖的海洋上
它们渴望一杯柠檬水
和一份美味的煎蛋。

所以如今又是春天
所以如今鲜花又一次
寻觅：对空气的爱——
我是否已将冬天获得的
一切都付诸于风：
爱情白色的亚麻布
和两条极乐的彩带。

他人同样感受的那种痛

他人同样感受的那种痛
我们如此惧怕的痛
当清晨我们躺在床上
脱离各自的怀抱
如同花朵从茎干上凋落
太阳目睹被露珠包裹的
凋落，它们思念着
深夜温暖的呼吸，
我并不希望某人看见
哪怕其他人不会
为一小块泥土而报偿
我也相信他们在那一天
别了他们对我说别了别了

倘若安谧最终征服我
我一定就此睡去
再也不会奔波于这世界
如同玻璃缸中的鱼儿
触痛自己的心脏
我毕竟活过，说道：这个
春天我必将死去

忧伤的柔性

在纯净快乐的世界，

我遇见了她，微笑着，
她说道：那就是曾经的爱情，
我倾听，在树木中间，
我点头同意，我们久久地漫步
在安静的花园。

宇宙出自纯净的波浪，
我以无生命的躯体沉溺其中，
愈深，在我的头顶
水就愈加聚拢，而在某个瞬间
我感到了鱼儿的触碰，
在安静的海洋。

别了，我对她说道，
她微笑：我们还会再见。
但风刮来，击打
水中她的脸，
我点头同意，消失于
安静的生活。

耶胡达·阿米亥诗选

[以色列] 耶胡达·阿米亥 刘国鹏 译

[诗人简介] 耶胡达·阿米亥 (Yehuda Amichai, 1924—2000)，当代以色列文学的领军人物之一，具有重大声誉及广泛影响的国际诗人。生于德国维尔茨堡，1936 年随父母移居耶路撒冷。最早以现代希伯来口语写作的以色列诗人之一。一生共出版诗集 11 部、长篇小说两部和一部短篇小说集。生前获奖无数，其作品先后被翻译成 37 种语言之多，被公认为 20 世纪最伟大的诗人之一。其主要诗集有《诗歌》《耶路撒冷之歌和自我》《阿门》《时间》《爱情诗》《伟大的宁静：纷纭的问与答》《耶路撒冷之诗》《甚至拳头也曾是五指伸张的手掌》《阿米亥：1948—1994 年诗选》《开、闭、开》等。其诗作多以犹太教信仰、《圣经·旧约》及犹太人的历史记忆、现当代处境为线索，诗作透明、清新、深邃而睿智，想象力丰富奇诡，在探索人类伟大精神世界的同时，表现出令人叹为观止的语言活力和张力。

葵花田

成熟与枯萎的葵花田
不再需要太阳的温暖，
褐色和明智的它们。需要
甜蜜的阴影，死的
内向，抽屉的里面，一个深似天空
的粗布口袋。它们未来的世界：
一间幽暗的房屋最深处的幽暗，
一个人的体内。

肉体是爱的理由

肉体是爱的理由；
而后，是庇护爱的堡垒；
而后，是爱的牢房。
但是，一旦肉体死去，爱获得解脱
进入狂野的丰盈
便像一个吃角子老虎机蓦然崩溃
在猛烈的铃声中一下子吐出
前面所有人的运气积攒的
全部硬币。

人的一生

人的一生没有时间

花时间去干所有想干的事情。
没有足够的理由
为所有目的寻找理由。《传道书》
实则大谬不然。

人需要爱的同时也需要恨，
用同一双眼睛微笑和哭泣，
用同一双手抛掷石块而后归拢它们
在作战中做爱也在做爱中作战。

憎恨而后原谅，怀念而后忘却，
规整而后搅混，吞咽、消化
历史
年复一年的造就。

一个人没有时间
当他失去他就去寻找，当他找到
他就遗忘，当他遗忘他就去爱，当他爱恋
他就开始遗忘。
他的灵魂历尽沧桑，他的灵魂
极其专业，
可是他的肉体一如既往地
业余。它努力、它错失，
昏头昏脑，不解一事，
迷醉和盲目在它的快乐中
也在它的痛苦中。

人将死去，就像无花果在秋天凋零

枯萎，充满了自己，满缀甜果，
叶子在地上变得枯干，
空空的枝干指向那个地方
只有在那里，万物才各有其时。

像一间屋子的内墙

正如一间屋子的内墙
在历经战火和破坏之后变成了
外墙——
由此我猛然发觉自己，
在生命中走得太快。我几乎已忘记内在
意味着什么。它不会再伤害；
我也不会再爱。无论远近——
它们都同样远离我，
同样遥远。

我无法想象颜色到底怎么了。
就像你不知道人类怎么了一样：亮兰色
在深兰色和夜的记忆里打盹，
苍白色
在紫红色梦境之外叹息。一阵微风
自远处送来气味
但它本身并无气味。海葱的叶子
早在白色的花朵枯萎之前就已死去，
这些花从不知晓
春的绿意和爱的晦暗

我举目眺望小山。如今我明白
何谓举目，它是
何等沉重的负担。但这些强烈的渴望，和永—无法—
进入—内在
的痛苦。

在仁慈的全副凛冽中

数数他们。
你数得清他们。他们
不像海边的沙粒。他们
不像无以计数的星辰。他们像孤独的人们。
在角落里，在大街上。

数数他们。看看他们
目睹天空横过破败的房屋。
穿过石头，出去再回来。为什么
你要回来？但还是数数他们，因为他们
在梦中打发时光
因为他们在外奔波，因为他们的希望被除去绷带
又裂开，因为他们将死于自己的希望。

数数他们
很快他们也学会了读墙上
可怕的字迹。学会在别的墙上
读读写写。而盛宴仍将是无声的。

数数他们。数数在场的，因为他们
已用光了所有的血，而这还不够
就像在一场危险的手术中，当一个人
像一万个人那样筋疲力尽，那样挨打。因为
有什么样的法官，就会有什么样的审判，
除非它是在全然的黑夜里、
在仁慈的全副凛冽中。

一座位于德国的犹太人墓地

丰饶的田野深处，小小的山丘之上，一座小小的墓地，
一座犹太人的墓地，在锈蚀的大门背后，荆棘掩映之中，
已被遗弃和忘却。那里既没有祈祷者的声音
也听不到哀悼的言辞
因为死者赞美的并非上帝。
传来的唯有孩子们的喧闹，他们一边寻找墓地
一边欢呼
每当找到一座坟墓——就像找到林间的蘑菇，
野生的草莓。
这儿又有一座墓！那上面是我母亲的
母亲的名字，上个世纪的名字。这儿有一个名字，
那儿还有！我正要拭掉名字上的苔藓——
看哪！一只张开的手镌刻在墓碑上，这是柯恩家的
一座墓，
他的手指张开，因为上帝的神圣和恩典而一阵痉挛，
这座坟墓深藏在灌木丛中，周围浆果累累

你不得不将它们拂向一边，就像拂去一缕乱发
从你美丽爱人的脸上。

统计学

每一个陷入狂怒的人，总是有
两三个拍拍肩膀使他安静下来的人，
每一个哭泣者，总是有更多替他擦去眼泪的人，
每一个幸福的人，总是有满含悲伤的人
在其幸福时刻试图温暖他们自己。

每天夜里至少有一个人
找不到回家的路
或许他的家已搬到别的住处
他沿街奔波
成为一个多余的人。
一次我和我的小儿子在车站等车
一辆空巴士驶过，儿子说：
"看，巴士里挤满了空荡荡的人。"

现在救生员全都回家了

现在救生员全都回家了。海湾
已关闭，而夕阳的余辉
映在一片碎玻璃上
就像濒死者散碎的眼神里自己的一生。

一块被海水舔干净的木板，免于
成为家具的命运。
沙滩上的半颗苹果和半只脚印
正努力一起成为某种全新的东西，
一只盒子正在变黑
就像一个人熟睡或死去。
甚至上帝在此停留也不会离真理
更近。只发生一次的错误
和唯一正确的行为
双双给人带来内心的安宁。
天平秤盘翻转了：现在善与恶
慢慢涌出，汇入一个安详的世界。

在最后一抹残阳里，靠近石潭的地方，几个年轻人
仍在感受着温暖，以
那种我也曾在此体验过的情感。
一块绿色的石子在水里
似乎是和一条死鱼在涟漪中跳舞，
一张女孩子的脸从潜水的地方冒出来，
她湿湿的睫毛
就像夜晚复活的太阳发出的光芒。

最后的词语是船长

在我停止生长之后，
我的大脑就没有再长，而记忆

就在身体里搁浅了
我不得不设想它们现在在我的腹部、
我的大腿和小腿上。一种活动档案、
有序的无序，一个压沉一艘超载船只的
货舱。

有时我向往躺在一条公园的长椅上：
那会改变我现在的状况
从丢失的内部到
丢失的外部。

词语已开始离弃我
就像老鼠离弃一艘沉船。
最后的词语是船长。

野和平

不是一次停火的和平，
甚至不是狼和羔羊的景观。
而是
像内心里激情泯灭
你只能说那是无尽的疲惫。
我懂得如何去杀人
才证明我是一个成人。
我儿子手中摆弄的玩具枪
能睁开闭上它的眼睛并且说妈妈。
和平

没有铸剑为犁的大肆喧哗，
没有言辞，没有
沉重橡皮图章的砰然声响：由它
变轻，漂浮，像懒散的白色泡沫。
让我的伤口小憩片刻——
谁还在奢谈什么治疗？
（孤儿的悲啼代代
相闻，就像接力赛上：
接力棒永不落。）

让它来吧，
就像野花
突兀地来，因为田野
需要：野和平。

在闰年

这是一个闰年，你的祭日愈益靠近
你的诞辰，
还是更加远离？
葡萄满蓄着痛苦，
它的汁液醇厚，像甜甜的精液。

我就像是一个人日间穿越
夜里所梦见的地方。
一阵意外的气息唤回了
经年的寂默所

忘却的。刺槐
在初雨后绽放，而沙丘
多年前尚把它埋在屋子下面。

如今，我所唯一知晓的
是在夜里归于黑暗。我感到快乐
为我所得到的。我所唯一希望说出的，是
我的名姓和地址，或许还有我父亲的名字，
就像是战场上的俘虏，
按照《日内瓦公约》，
无需再有只言片语。

宁静的快乐

站在一处我曾经深爱的地方。
雨下起来了。雨就是我的家。

我在想那渴望的言辞：风景
伸向无尽的边缘。

我记得你挥动的手
像正在拭去窗玻璃上的薄雾，

还有你的脸，像是从一张模糊不清的旧照上
放大出来的。

我曾经向自己和别人

125

犯下那可怕的错误。

而这个世界被创造得如此美丽，正是为了在此行善
和休息，好比公园里的一条长椅。

迟暮之年，我发现
一种宁静的快乐
就像一场严重的疾病，等到发觉已经太晚：

而今只剩下一点点时间，留给这宁静的快乐。

我全身长得毛茸茸的

我全身长得毛茸茸的。
我害怕他们会为了毛皮而猎杀我。

我那件五颜六色的 T 恤并非爱的标记：
倒像是一座车站的航拍图。

夜里，我的身体在毛毯下四仰八叉难以入眠
就像一个行将处决的人蒙着的眼。

活着，像一个逃犯和流浪者，我会死去
因为渴望得到更多——

我也向往宁静，正如一片远古的土墩
在那里多少城市都已破坏殆尽，

126

我也向往安详，
正如坟茔累累的墓地。

一首唱给对方听的催眠曲

有好一阵我确实想叫你上床睡觉
可你的眼睛总是不肯放睡意进去，而你的大腿也
不肯。你的腹部，当我触摸它时——或许也不肯。
现在开始倒着数数，仿佛要发射一枚火箭，
仿佛为了能够入睡。或者正着数，
似乎你就要开始唱一首歌。似乎你就要入睡。

就让我们为对方谱写甜蜜的赞美诗吧
黑暗里当我们躺在一起的时候。眼泪
比所有流泪的理由流得更久。
我的眼睛已经把这份报纸烧成了一团烟
而小麦仍在法老的梦里继续生长。
时间并不在时钟里
但是爱，有时候，就在我们的身体里。

在梦中弃你而去的言辞
是野天使的饮料和食品，
而我们皱巴巴的床
是最后的自然保护区
那里有刺耳的狂笑和青翠欲滴的哭泣。

有好一阵我确实想告诉你
该上床睡觉了
告诉你漆黑的夜晚会被包上衬垫
用松软的红丝绒——就好像
用绘几何图形的工具——
把你体内的一切坚硬层层裹起

我会守着你，就像人们守着安息日，
甚至不是周末也守着你，而且我们会永远在一起
就像在一张新年贺卡上
旁边还有一只鸽子和一部《妥拉》①，缀满银粉，闪
闪发光。

而我们还是贵不过
一台计算机。这样他们就会不在乎我们。

炸弹的直径

这枚炸弹的直径为三十厘米
有效杀伤范围约七米，
死者四名伤员十一。
在他们周围，在一个由痛苦和时间构成的
更大的圆圈里，散落着两家医院
和一座墓地。而这个年轻女人

———————————

① 《旧约》的前五卷，即律法书。

埋葬在她故乡的城市，
在那一百多公里外的远方，
将这个圆圈放大了许多，
越过大海在那个国家的遥远海岸
一个孤独的男人哀悼着她的死
他把整个世界都放进了圆圈。
我甚至都不愿提到孤儿们的哀嚎
它们涌向上帝的宝座还
不肯停歇，（直至）组成
一个没有尽头、没有上帝的圆圈。

忘记一个人

忘记一个人就像
忘记关上后院的灯，
翌日，那灯还一直亮着

然而，也正是那盏灯
让你又想起了他。

巴赫曼诗选

[奥地利] 英格博格·巴赫曼著 贺骥 译

【诗人简介】英格博格·巴赫曼（Ingeborg Bachmann，1926—1973），当代奥地利著名诗人、小说家。出生于克拉根福特，1945—1950 年在因斯布鲁克、格拉茨和维也纳大学学习哲学、日耳曼语言文学和心理学，获博士学位。1952 年在尼恩多夫参加德国文学社团"四七社"。1965 年底定居罗马，1973 年 10 月 17 日死于火灾。巴赫曼生前发表的诗集有《延期的时间》（1953）和《呼唤大熊座》（1956），1964 年获德国最高文学奖——毕希纳奖。1978 年克里斯蒂娜·科舍尔等人编辑出版了四卷本的《巴赫曼作品集》，第一卷收录了她的全部诗歌。由于诗歌成就和诗风的相似，巴赫曼和策兰并称为二战后德语诗坛的双星。巴赫曼的诗歌充满了道德力量、不顺从主义和女性主义倾向，探讨了普遍的人生问题（尤其是现代人的生存危机和生存恐惧）和战后的现实问题。巴赫曼凭其语言优美、意象朦胧的自由诗为德语"封闭诗"（hermetische Dichtung）和"介入诗"的发展做出了独特的贡献，并给二十世纪的世界诗歌以有益的启迪。

大宗货物

夏季的大宗货物已装好，
太阳船停在港口，
你身后有尖声坠落的海鸥。
夏季的大宗货物已装好。

太阳船停在港口，
幽灵们的微笑
爬上船艏雕像的嘴角。
太阳船停在港口。

当海鸥在你身后尖声坠落，
从西方传来沉船的命令；
睁着眼睛你将溺死于光明，
当海鸥在你身后尖声坠落。

延期的时间

更加艰难的日子即将来临。
在规定撤销之前
延期的时间在地平线上显现。
不久你就得系上鞋带
把恶狗赶回沼泽地庭院。
因为鱼的内脏
在风中已变冷。
羽扇豆灯光芒黯淡。

你的目光在雾中滑出第一道轨迹：
在规定撤销之前
延期的时间在地平线上显现。

在那边你的情人沉陷于沙丘，
沙丘围绕着她飘逸的秀发升腾，
它打断了她的话，
它命令她沉默，
它发现她必死
每次拥抱后
她情愿别离。

不要环顾。
系上你的鞋带。
把恶狗赶回去。
把鱼扔进大海。
灭掉羽扇豆灯！

更加艰难的日子即将来临。

在玫瑰雷雨中

在玫瑰雷雨中无论我们转向何方，
夜都被刺照亮，灌木丛中叶子
曾窸窣作响，叶子的雷声
现在紧跟着我们。

咏叹调之一

在玫瑰雷雨中无论我们转向何方，
夜都被刺照亮，灌木丛中叶子
曾窸窣作响，叶子的雷声
现在紧跟着我们。

当玫瑰点燃的激情熄灭时，
雨把我们冲进河流。哦遥远的夜！
一片打中了我们的花瓣①随着波浪起伏
跟着我们漂入海口。

影子 玫瑰 影子

在陌生的天空下
影子　玫瑰
影子
在陌生的大地上
在玫瑰和影子之间
在陌生的水面
我的影子

---

①花瓣（Blatt）：指玫瑰花瓣。《咏叹调之一》是对《在玫瑰雷雨中》一诗的续写，增加了一个四行诗节。亨策为《咏叹调之一》和《自由运行（咏叹调之二）》谱曲，将它们收入《夜曲与咏叹调》（女高音和乐队）。

雾之国

冬季我的爱人
和森林动物在一起。
黎明前我必须回家，
母狐知道并且窃笑。
云朵冷得发抖！我的
白雪衣领上落了
一层碎冰。

冬季我的爱人
是林中的一棵树她请
幸福而孤寂的群鸦栖息于
她美丽的枝杈。她知道，
破晓时风会扬起
她僵硬的、镶了霜边的
晚装并把我赶回家。

冬季我的爱人
混迹于鱼群无语。
鱼鳍的潜泳从内部推动
河川，顺应着河水
我站在河畔，
看她潜水转身，
直到浮冰把我赶走。

一只大鸟猎食的尖叫
震动我的耳鼓，鸟翅

扫了我一下，我跌倒
在旷野：她拔光
鸡毛，然后扔给我一根
白锁骨。我匆匆拾起骨头
穿过腥臊的绒毛走了。

我的爱人不贞
我知道，她有时穿
高跟鞋飘然进城，
她在酒吧用吸管喝饮料
深情亲吻一个又一个酒杯，
她口吐媚俗之言。
但我不懂这种语言。

我见过雾之国，
我吃了迷雾心。

呼唤大熊座

大熊座，快下来，毛簇之夜，
乌云毛皮兽睁着老眼，
闪烁的星眼，
钻出灌木丛闪现
脚掌有钩爪，
星爪，
我们小心守护羊群，
但被你迷住，我们不信任

你疲惫的胸肋和半裸的
尖牙，
老熊。

一颗球果：你们的世界。
你们：球果上的鳞片。
我推球滚球
从太初的冷杉
到末日的冷杉，
我嗅它，含着它
用熊掌抓紧它。

你们害怕或不害怕
快把钱扔进捐款袋
对盲人说句好话，
让他用皮带拴住熊。
烤全羊时要加香料。

这头熊有可能
挣脱，不再威胁
而是扑向众球果，从冷杉上
掉落的果实，大翅果，
从天堂坠落。

爱情：黑色大陆

黑国王亮出猛兽的指甲，

把十个白月亮赶进轨道，
他指挥热带大雨。
世界从另一端看着你！

魔力使你穿越大海来到
黄金和象牙海岸，来到他嘴边。
但你总是跪在那里，
他无理由地拒绝你选中你。

他掌控正午的伟大转折。
空气碎裂，绿玻璃蓝玻璃，
烈日蒸煮浅水鱼，
草在牛群四周燃烧。

目眩的驼队淡入彼岸，
他鞭打着荒漠沙丘，
他脚上冒火要见你。
红沙从你的鞭痕中流出。

他毛深皮厚，黑色，走到你身边，
抓住你，把罗网撒到你身上。
藤萝缠绕着你的臀部，
肥美卷曲的蕨类扼住你的喉咙。

所有热带丛林小生境：呻吟，叫喊。
他举起偶像。你忘了言语。
甜蜜的木棒击打黑鼓。
你迷狂地凝视你的死地。

看，羚羊在空中飞翔，
一群枣尺蠖停在半途！
禁忌就是一切：泥土，果实，河流……
镀了铬的蛇吊在你胳膊上。

他放下手中的权杖。
请你披上珊瑚，在癫狂中前进！
你可以使王国失去君王，
你本身就很神秘，能看穿他的秘密。

赤道周围的栅栏都倒了。
猎豹子立于情场。
它从死亡谷跳过来，
前爪划过天边。

言词

献给我敬仰的诗人和朋友内莉·萨克斯

你们这些言词，起来，跟我走！
我们已走得较远，
太远，那就继续走下去吧
路没有尽头。

晦暗不明。

言词

只能生发
另一些言词，
句子激发句子。
语言对世界进行
格式化，
强制它，
说明它。
但世界沉默。

言词，跟我走吧，
突破定格
——不再滔滔不绝
立论反驳！

现在消停一下吧
切勿言情，
让心换一种方式
活动心肌。

顺其自然。

你的私语不可能
飘进上帝之耳，
关于死亡你无言以对，
算了吧，请跟我走，不说软话
不说硬话，
不说安慰语，
没有慰勉之言，

不要以词指物，
但也不能没有信号——

务去陈言：尘雾中的
幻象，音节的
空洞碎石，僵尸单词。

不要死鬼般的词，
空泛的言词！

自由运行

白昼和睡眼惺忪的鸟儿
以及被风射穿的众树
一起起床，沧海把一杯
冒泡的啤酒倒在它身上。

奔涌的百川归大海，
陆地用鲜花
让纯洁的空气说出
爱情诺言。

地球不要蘑菇云，
不愿朝天空喷出烟尘，
它要用暴雨和愤怒的雷电消灭
堕落的淫逸之音。

它期盼彩衣兄弟
和灰衣姐妹从昏睡中苏醒，
重见鱼国王、夜莺王后
和火君主蝾螈。

它为我们栽培海洋珊瑚。
它命令森林保持安静，
它给大理石画上美丽的纹理，
让露水复临，冲走灰烬。

地球要在宇宙中自由运行
从夜的腹中生出白昼，
古老的美丽和青春的恩泽
滋润一千零一晨。

波西米亚在海边

如果这儿的房子是绿色的，我就步入其中的一栋。
如果这儿的桥梁是完好的，我便走在坚实的基础上。
如果努力永远徒劳，在此我也情愿让它徒劳。

若我非其人，那人肯定和我一样好。

若有一言毗连我，我就让它作邻居。
如果波西米亚还在海边，我就会再次相信海。
如果我还相信大海，我就会寄希望于陆地。

我若是那种人，则每个和我相似者必为同类。
我无所欲求。我只求毁灭。

走向毁灭——即走向海，在海边我重见波西米亚。
遭到毁灭，我静静地醒来。
现在我已彻悟，我没绝望。

到这里来吧，所有的波西米亚人、航海家、港口妓女
和未抛锚的船。你们不愿作波西米亚人吗，伊利里
　亚人、维罗纳人
和所有的威尼斯人。请你们上演搞笑

和催泪的喜剧。你们可以百次犯错，
一如我犯错和从未经受住考验，
但我经受住了考验，一次又一次。

正如波西米亚经受住了考验，在某个晴天
获赦下海，现在它就在水边。

我依然毗连一句话邻接另一国，
即使接触点不多，我也越来越比邻一切，

一位波西米亚人，一个一无所有、了无牵挂的流浪汉，
只能在有争议的大海上眺望我选中的陆地。

布里塞尼奥诗选

[委内瑞拉] 何塞·曼努埃尔·布里塞尼奥·格雷罗

赵振江 译

[诗人简介] 何塞·曼努埃尔·布里塞尼奥·格雷罗 (José Manuel Briceño Guerrero，1929—2014) 不仅是诗人，而且是著名学者、思想家、散文家，通晓英、德、法、意、葡等多国语言。曾在维也纳大学获哲学和语言学博士学位，后又在法国、德国、墨西哥等国的名校进修，晚年还来到北京大学学习汉语和中国文化，他是委内瑞拉安第斯大学的终身教授。拉丁美洲十所大学曾于 2007 年推荐他为诺贝尔文学奖候选人。他曾荣获"安德烈斯·贝略"勋章和委内瑞拉国家文学奖等奖项。何塞·曼努埃尔的代表作有《三个牛头怪的迷宫》《拉丁美洲在世界》《语言的起源》《语言的可爱与恐怖》《何谓哲学》《萨奥赫的日记》《可怕的平原》等。2007 年来华后，著有关于中国的随笔《独吟一曲与君听》。

*　*　*

火的老虎
在竹林里睡了十年
但是当它醒来时
将自己的窝捣毁
吓得四邻不安。

火的老虎
在竹林里睡了百年
但是当它醒来时
将羊群吞噬
将村镇点燃
杀害了牧羊人
咬死了牧羊犬。

火的老虎
在竹林巢居了千年，
它在安睡并梦想着
树林与天堂的悠闲，
但当它醒来时
将学校、教堂点燃
将营房撕成碎片
使山脉颤抖
使泉水枯干
使激流化作灰烟。

当它醒来时

我们村里正庆祝节日
年轻人四处逃窜
渴求生还。
但是我迎面向它走去
它将我扑倒
从路中央
跳到我的前额上
而那些温柔的老妇人
猛兽的驯服者
面对这样的场面
不仅在观看而且在欣赏。

* * *

苍天告诉我你的精神状态
向我诉说你的狂欢
兴奋和光彩
你智慧的信息搅得我眼花缭乱。

苍天告诉我你的精神状态
告诉我你何时悲伤
何时封闭在深深的灰色里何时绝望
你的眼睛为了梦想在何处隐藏
为何并如何抛弃明亮与闪光。
苍天告诉我你的精神状态
使我通过你细微思考
倾听你的心声

从牢骚满腹
到温柔理解的安宁
从叛逆的抗议
到风平浪静
从气急败坏
到彻底的和平。

我感谢苍天给我这些信息
但我保留对它的怨恨因为是它而不是你
但愿你的出现引发的风暴
将它打破将它粉碎
使它分散、作废、绝迹。

＊　＊　＊

让话语
在这里游戏。
只有作为一种游戏
才让沉寂与虚无
和话语融合在一起。

＊　＊　＊

你是我唯一的连海洋也不换的河流。
你是我唯一的连宁静也不换的声音。
你是我唯一的胜过无限的有限。

你是我情愿不要神也要的唯一的人。
你是我情愿不要永恒也要的唯一的今生。
我爱你并非为了你的美貌，
尽管没有它，我无法将宇宙之美证明。

我爱你并非为了你我之间的快乐，
尽管没有它，活着如同死去。
我爱你并非为了我们之间说不完的柔情蜜语，
尽管没有它，我便看不到语言的含义。
我爱你并非因为对以往生活的记忆，
它们与现在的生活连在一起并将相逢的美好培育，
尽管没有它们，我和你都将失去自己；我们是记忆
　　的儿女。

我爱你，是为了你身上任何人都无法填充的空虚。
我爱你，是因为生存的痛苦穿透了你。
我爱你，是为了那徒劳的等待，那分离，
那上帝的缺席，那无靠无依。
为了三月十七，当看到那那可怕的亲情，它将我们
　　联系在一起。

*　*　*

真正的死亡
是遗忘。
谁能永远地
记起自己
就不会死亡？

* * *

没有镜子在我们的寺庙里
镜子是其它的东西
我是贪婪的视线
我将一切置于自己的面前
我看不见自己。我是零
光荣而又空虚的神啊
当我注视你便进入黑暗的明镜。
当你注视我也进入黑暗的明镜。
你也看不见自己。你也是零。

我将一切置于你面前
你是贪婪的视线
镜子是其它的东西
没有镜子在我们的寺庙里。

* * *

我的宝贝
只有语言和灵魂；
可灵魂野蛮
语言又桀骜不驯。

* * *

我敬重那位姑娘
她坐在你身旁。
别迷失在
她身上
我好通过你的眼睛
将她打量
并在你触摸她的时候
在你的手上
将自己隐藏。

没有妒嫉
没有疑心
没有对抗
没有自惭
没有悲伤。

我很容易成为他，
他就是我。
无论是别人爱你
还是你爱别人
对我都不是风险
因为除了我
就不存在别人。

我的风险
是与你融为一体。

我会不愿
再返回自己。

让将我们
分开的区别
永生，这是爱情
对我们的馈赠。

没有分别
就没有爱情。

只有出于柏拉图的过失
恋人们才愿意融合为一体。

*　*　*

在最透明的地区
在它的腹地
我见识过突发的闪电
转瞬间消灭了夜晚
我数着秒数等雷声，
这迟来的怒吼
发自受了伤的黑暗。

我认识河水
平静的流动，
总是同样的水，

和它那多重的细语声。

我了解傍晚的消磨
和清晨的忧郁。
正午沉寂的愤怒。
雨水的秘密。
夏日的风，无礼
而又矜持，好像它芬芳的礼物
能判断任何一项劣迹。
候鸟漫不经心的秩序。

我了解话语的集市，
蓝色的腼腆，
玫瑰色的神秘。

面对它们，我喜出望外，
并拜倒在他们面前，
我愿与他们亲密无间。
但我知道死神住在它们那里；
它们都可以变成黑色的墓穴
外面的黑暗将我拉向里面
我用全身的力气就是不肯就范。

＊　＊　＊

一个单独的词语
当它从自己的含义中

解放，
便无法支撑自己
并向着源头迅猛地飞翔。

*　*　*

巫师学习
风和水
这二者的语言。
只学习理解
大地的语言。
学习聆听，
但不会说也不懂
火的语言，
学会聆听它
却不将自己点燃。

他能力的最大秘密
在于
知道各种事物
真正的名字。

*　*　*

当你喜欢
一座遥远的城市，

当你有理由
热爱它，
请在心中
培养见到它的理想
哺育能在那里
生活的希望，
但却不要去，哪怕是为了观赏。

在你喜欢的
远方的城市里，
有另一座城市在那里隐藏，
那是通向
你内心之城的门廊；
倘若想去看它
就把门关上。

* * *

冬天。
在床上，几乎死亡，
我蔑视悲伤。

我愿保卫我的村庄，
拯救我的祖国。
黎明前，
我梦想着铁马
和武士，
穿越我冰冻的湖面。

特德·休斯儿童诗选

[英]特德·休斯 赵四 译

【诗人简介】英国著名"桂冠诗人"特德·休斯（Ted Hughes，1930—1998），一生的诗歌创作中有一半是儿童诗，被公认为是英诗历史上最有成就的儿童诗歌作家之一。自1961年出版了儿童诗集《会见我的家人！》以来，他一生出版了《没规矩的怪兽尼斯》《月亮—鲸鱼和其他月亮诗》《季节之歌》《北极星下》《何为真相？》《猫和布谷鸟》《美人鱼的手袋》等20多本儿童诗集、戏剧集、小说集，有许多成为了真正的经典。其中最著名的是儿童科幻小说《铁人》，在1999年被改编为大获好评的动画影片《铁巨人》，由华纳兄弟公司出品。他还和谢默斯·希尼合编了两本极畅销的儿童诗选《咔嗒响的口袋》和《学校的书包》。休斯极为重视为儿童写作，深切关心培养孩子的想象能力。他的儿童诗不仅写给年龄意义上的孩子，也是写给成年人体内的那个孩子的。

我自己的真正家人

有一次我潜入橡树林——我在找一只鹿。
我遇到个老太婆——满身树瘤的躯干破衣蔽体。
她说："我攥着你的秘密，在我的小布袋里。"

然后她开始咯咯地笑，我开始直打哆嗦。
她打开小布袋，我惊醒了两次——
一群东西瞪眼围着我，我被捆在木桩上。

他们说："我们是橡树，是你的真正家人。
我们被砍倒，被劈裂，你连眼也不眨一下。
你现在就会死——如果你不现在就允诺

凡见到一棵橡树倒下，现在就发誓，你会种上两棵。
你要是不发誓，黑橡树皮就会皱起箍紧你
把你钉死在橡树林中，你会在这儿生而不长。"

这是我在树下做的梦，这个梦改变了我。
当我走出橡树林，走回人群，
我的步子是人类孩子的，但我的心已是一棵树。

月亮—鲸鱼

他们钻探月亮物质
在月表之下

撑举起月亮的皮肤
像一块肌肉
但如此缓慢看起来像绵延的山脉
呼吸如此稀少看起来就像座火山
留在月亮表皮上的喷发过的洞口

有时他们骤降
到月亮平原之下
穿过月亮内部的金属
开掘磁性通道
运送宇航员的疯仪器。

他们的音乐浩渺无边
每一个音符长达几百年
每一支曲子一个月亮纪

所以他们互相唱着不会结束的歌
因为不动人，无法移动的鲸群感动自己

他们的眼睛如痴如醉地闭着

月亮—百合

不可思议的白是月亮—百合。
但那不是全部。哦不，远不是。

那是当它已长到最高时

在它鼓胀的花蕾现出任何白之前

你以为你听到了幽灵，在你的房子里——
它沙沙低语，嗤嗤窃笑，所以它不是只耗子。

到了第二天晚上是快乐的嘤嘤哼唱。
现在去看看你的百合，你会看到一小条白色的花
　　瓣来了

再过一个晚上是鸣唱——声音遥远
但非常清楚、甜美，并且无论你身在何处

那声音总是在其他某个房间里。
在下面的花园里，你的百合在开放。

现在一连数日，你的花儿饱满骄傲地站着
这位怪异的夫人唱啊唱，轻柔、快乐，决不大声。

她在你的房子里来来去去，通宵达旦。
直到某夜——突然——哭了。出事了！

你知道，在下面的花园里，在你到那之前
百合已开始枯萎，褐黄出现在了她的雪白上。

随后一串轻声啜泣的夜到来，你无眠
直到你的百合完全结束她的凋谢。

月亮艺术

在月亮上无论你想要什么
你只需沿着它的轮廓画上一条线
它就合拢成生命——在那儿了。
如果是条狗，它就吠叫，需要喂食。
如果是个人——它是个人
那你就不得不照料他了
直到他学会说话和应付一切。

你会看到，你不得不当心
你画的是什么和你是怎么画的。
最重要的，如果你不能画得完美
最好别画。你画什么，就会得到什么。

如果你画了只没膝盖的狗——你就有这么只了。
他摔倒，你就不得不把他扶稳。
他就不得不站着或靠着睡觉了。
他的整个生命对于他就是个可怕的问题。

如果你画张令人憎恶的脸——小心!
他会成为你永远的随从。
望着桌对面，或从你肩头看过去。
如果你画条蛇——画个没牙的。
如果你画老虎，记得先画笼子。

所以如果你画，就只去画美丽的东西，
或快乐幸福的东西，或有用的东西。

并且确定你能把他们画完美。
外面的世界是人类不负责任的胡涂乱画
造就的可怕垃圾场——危险而丑陋。

根本不画比添加垃圾要好得多。

大地—月亮

从前有个人
他向前走着
遇到了完全燃烧的月亮
缓缓地向他滚来
碾碎途经的石头和房屋。
她的强光使他闭上了眼睛
他抽出匕首
又刺又戳又扎。
叫喊止住了月亮
卷过地球时造成的伤口。
月亮皱缩，像被扎破了的飞船，
越缩越小，越缩越小，
直到只剩下
一块丝绸手帕，破烂，
湿得像浸了眼泪。
那人拾起它。走进
没有月亮的夜
带着他奇怪的战利品。

满月和小弗里达

冰凉的小夜晚皱缩成犬吠和桶中晃荡的水声
你听着。
一张蜘蛛网，在露珠的碰坠下绷紧。
一桶水高举，安静、盈满——镜子
诱惑第一颗星的震颤

母牛们回到在那小路上的家，用她们呼吸的温暖花环
围住篱笆——
血的黑暗河流，许多的卵石
稳住未溢出的牛奶。
"月亮！"你突然大叫，"月亮！月亮！"

月亮走回来像一位艺术家惊讶地盯着一件
惊诧地指向他的作品。

护身符咒

在狼的牙里，有荒野山岭。
在荒野山岭里，有狼的皮毛。
在狼的皮毛里，有破烂山林。
在破烂山林里，有狼的蹄爪。
在狼的蹄爪里，有石头的地平线。
在石头的地平线里，有狼的嘴。
在狼的嘴里，有雌鹿的眼泪。

在雌鹿的眼泪里，有冰冻的沼地。
在冰冻的沼地里，有狼的血。
在狼的血里，有雪的风。
在雪的风里，有狼的眼。
在狼的眼里，有北极星。
在北极星里，有狼的牙。

三月的小牛犊

从一开始他就穿着他最好的衣服——他的黑块块，
他的白片片
小勋爵①——卷发油光，净洁照人
一件周日礼服，一套婚礼的整洁装扮，
站在沾着肥料的稻草中

在布满蛛网的桁梁下，靠近泥墙，
半个他抻着腿，
光闪闪的眼睛，没有更多的希求
除了妈妈的牛奶频频回来。

别的每件事都原封未动，像该有的样子。
让夏日天空延缓到来，眼下
这正是如他所愿的。
对每件新事物，每次只一点点，是最好的。

---

① Fauntleroy，影片《小勋爵》（*Little Lord Fauntleroy*）中
的主人公。

过多和过了突然都会过分吓人——
当我挡住光线，空间里出来一个庞然大物，
想让他进来，找妈妈吃奶，
他跳出一码或两码，然后呆立

从各个方向的每一绺毛发后瞪眼瞅着，
做了最坏的准备，充满希望的宗教被关闭，
一个小小的三段论
带着湿漉漉的微蓝——泛红的口鼻，为着上帝的拇指。
你看见他所有的希望喧腾起来
当他到达破旧围栏间，朝向了
他的妈妈这只不稳的热炉。
他发着抖生长，伸出他尖端卷起的舌——

这里的牛群可曾发现
是什么使这亲爱的小家伙
如此急切地准备自己？
他已在竞赛当中，并且颤抖着要赢——

他新奇的紫眼珠猛然旋转
在未来计划的肘撞之下。
饥饿的人会越来越饿，
屠夫们发展着专业技术和市场，

而他只是甩着尾巴——
在他干净利落的形象中闪闪发亮
没有意识到他的整个族系

都已被缚牢。

他舔着侧身，颤栗于对世界的感觉。
他像一点星火——一束光芒
以自身为燃料
点亮了自身，呼吸着，明亮着。

很快他就会跳到外面去，撒播他沸腾的欢乐，
会出现在草地上，
会在这样一个阔大之地貌上自由自在，
会发现自己是自己。会站起。会哞叫。

九月的大蚊[①]

她在挣扎着钻过叶子上的洞——不是飞，
她宽展、僵硬、无重量的篮筐编织物肢翼
摆动着，像一种上端沉重的古代礼仪用双轮马车
翻山越岭
（不是计划中的点水而过）
而是拖着长阔步，远抻够，虫鸣
还有姜色闪光的翅膀磕磕绊绊
从碰撞到碰撞。
无目标地行进于无方向上，
只是执行着她的残喘，从任何东西中

---

① Cranefly，大蚊。一种身细足长，形似蚊子却不咬人的飞虫，
最长种类的大蚊可达 10 厘米长。

166

逃脱毁灭，腿，草，
花园，郡县，国家，世界——

有时她长时间地停歇在草的森林中
像一位童话中的英雄，只有奇迹能帮她。
她无法探清森林的神秘
森林中，譬如，这位巨人看着——
知道她不可能以任何方式获得救助

她的竹节机身，
她的龙虾肩胛，她的脸
像是针头大小的龙，带着它柔软的胡须，
她翅上的简易教堂无色玻璃窗
都将终结，在研究的当儿，很快。
有关她的一切，每一件完美的制服
都已是多余的。
她怪异超量的腿和卷缩的脚
是超越她的问题。
不充分的葡萄糖和几丁质的石化
策动她穿越茎叶们的无边无堰

磨烂的苹果树叶，咕咕叫的渡鸦，废弃的拖拉机
沉陷在蔓草中，与他们的繁殖一道静候着
像其他的星系。
天空中向着北方行进的九月，庞大温和的停战协定，
像一个离去的帝国，
抛弃了她，微小的对阵
用她妨碍的肢翼和疲累的头脑。

温暖与寒冷

冰冻的黄昏关闭
像一个缓慢延展的钢陷阱
收紧树木、道路、山岗
一切都不再能感觉得到。
但是籽实在它的深中
像行星行于天宇。
獾在它的眠中
像面包在炉膛。
蝶在它的蛹中
像提琴在箱匣。
猫头鹰在它的羽毛里
像洋娃娃身裹蕾丝。

冰冻的黄昏已收紧
像螺丝被拧定
在高翔的夜
之繁星满身的飞机上
但红鳟在它的洞中
像咯咯笑声在眠者的体内
野兔沿公路迷失奔走
像根在走向更深。
蜗牛干在了屋外
像向日葵中的一粒种籽。
猫头鹰苍白地栖在门柱上

像一座钟蹲踞于塔楼。

月光冻住榛莽丛杂的世界
像一头冰猛犸——
过去与未来
是老虎钳的两只钳夹。
但是鳕鱼在潮涌的洋流中
像钥匙在钱夹里。
鹿群在光秃鼓胀的山岭
像护士脸上的微笑。
苍蝇在灰墙泥后
像捷格舞佚失了的节拍符号
麻雀在常春藤丛中
像硬币在猪扑满里。

如此的霜冻
薄月亮
失去了她的机灵。

一颗星跌下。

流着汗的农夫们
在梦中翻身
像公牛在烤钎上。

赫尔曼《戈探》选译

[阿根廷] 胡安·赫尔曼 于施洋 译

【诗人简介】 胡安·赫尔曼 (Juan Gelman, 1930—2014)，出生于阿根廷的俄国—乌克兰犹太家庭，9 岁写诗，11 岁发表，1962 年推出个人第 4 本小诗集《戈探》。标题把"探戈"单词音节倒置，源自 19 世纪末 20 世纪初的布宜诺斯艾利斯市中下层移民语言。"戈探"更适合在手风琴的快慢推拉中按平顺和急冲的舞步节奏连续读上好几遍，戈—探 | 戈—探 | 戈—探……诗集共 23 首作品，是奠定胡安·赫尔曼独特诗风之作。凭此他和智利的帕拉、尼加拉瓜的卡尔德纳尔、乌拉圭的贝内德蒂、古巴的雷塔马等一起缔造了"西语美洲新诗"新现象，即借助语言走向大众，同时想办法将语言从修辞到语法到词形规则实施全面拆解。胡安·赫尔曼获得过众多奖项，包括西班牙语世界的最高文学奖·塞万提斯奖和我国首届国际"金藏羚羊诗歌奖"等。

戈探

那女人好像绝不那个词
颈后升起一股独特魅力
一种收藏双眼的遗忘
那女人不断嵌进我的左胁。

小心小心我高喊小心
她仍入侵，像爱像夜；
我为秋天所发的最后几个信号
安睡在她双手的波涛里。

我里面炸响干枯的声音，
愤怒悲伤成碎片跌落；
那女人温柔地下雨
淋湿我停在寂寞里的骨头。

当她离去我颤抖　像被判了刑
选尖刀作最后的结局。
我将瘫在她名字上经历全部死亡
那名字最后一次牵动我的唇。

在牌桌上

抓住让星星失色的爱
我对它说：爱先生，
您长啊长，不分白天夜晚，

无论我皱眉　趴着　侧躺，
您吵得我没法睡觉　没有胃口，
可她还是不跟我们打招呼，您真没用，真没用。

所以我抓住我的爱
砍掉它一只手臂、一条腿、多余的零碎
做成一副牌
在星辉的黯淡前
听不在焉的心吹着口哨
一整夜慢慢玩。

致绘画

德尼斯在卢浮宫一层餐厅工作
坚定地驾着身体周旋餐桌—英国人之间，
屁股比鲁本斯的世界还喧闹
好像香榭丽舍的鸽子街角。

整天　整天　摇摆　摇摆
她放出一种鸟绕周盘旋
凌空将她描绘　致敬伟大民族
最后才温顺地回归肉身。

德尼斯每天工作　没看过蒙娜丽莎
但她在普瓦索涅赫大道上的小屋
是永远对爱开放的国度
每晚浪涛拍窗。

拥抱那个男人时她总望着门
似乎温柔会突然进入。
有时一群深色的鸟掠过
像爱过之后的忧伤。

女仆玛丽亚

她活过的十七年里一直叫玛丽亚，
她本可以灵魂得救，同小鸟一起微笑，
但重要的是，人们在她手提箱发现了
死婴，出生三天，裹在主人家的
报纸里。

真是罪过罪过
规矩的女人啧啧地说
为表震惊她们抬起眉毛
额上一飞还挺有魅力。

先生们迅速考察了
娼妓或缺乏娼妓的
危害，
脑中回放着跟好几只野鸡的征战
嘴上庄严地答：说得对亲爱的。

警局里对她还算客气，
摸她的都是警长以上。

但玛丽亚光顾着哭
小鸟在泪雨下脱了颜色。

很多人对玛丽亚不满
竟这样打包爱的结晶
只有监狱能给她点教训
或者　直白地说　让她别这么凶残。

那天夜里，女士先生们迫切地喷香水
为那说真话的孩子
为那纯洁的孩子
为那柔弱的
乖乖的
总之
为那些把灵魂的手提箱填满的
在大城市关窗的时候突然奇臭的
死孩子。

泥瓦匠佩德罗

人们会在这里爱在这里恨，泥瓦匠佩德罗说
一边垒墙一边唱歌；
双手已经在活计里变硬
掌心还能揉起痛苦和甜蜜
砌进墙壁　屋顶
随时间无声燃烧
或进入房里温柔女人的眼睛

她们忧郁起来，像发现一种新的孤寂。

佩德罗喜欢在脚手架上唱"第五纵队"，
爱跟工友讲瓜达拉哈拉和伊伦①，
但只要是一个人，便立刻同他的西班牙一起沉默。

晚上，他让双手睡觉，
自己披起枪伤又上战场
为免遗忘把死人再杀一遍，
勺子再次盛满愤怒。

离开脚手架那天早上
好像还有个问题在心底闪
同伴们围着他静静地等
直到一个人走来 说 "抬起死者"。

勋章

将军受勋
舰队司令受勋
准将　我的邻居
警长受勋。

也许有一天，诗人也能受勋，

---

① Irún，西班牙巴斯克地区与法国接壤的一个市，内战中
发生过较大战役。

奖励用词像火
像太阳　像希望
在人类如此的卑微
和痛苦中间
寸步不离。

我看见伊里·沃克尔那次①

应该是在周四周五之间
两天之间一条阴暗潮湿的小巷
咳嗽摔在石头上，
窗台有一枝花
在耻辱积重的瘴气里红，
看呀看　看世间的剧目
顶着苦难生长
每阵痛苦击打
都抖出另一股香，
花渐渐变成
花本来的红
炸开的时候　只听见
大地上穷人的巨响
立在她脸庞下，
我就那时候看见的伊里·沃克尔

---

① Jirí Wolker，捷克诗人，1900 年生，1924 年死于肺结核。
他积极参与捷克共产党的活动，是一战后著名文学先锋派
Devӗstil（中译"旋覆花社"）的活跃分子。

看见他出鞘的心
在空中旋转　仿佛
夜里所有的火焰。

我亲爱的布宜诺斯艾利斯

坐在一张无底的椅子边缘
头晕、病痛、勉强算活着
写下事先就为我出生的这城市
哭过的诗句

要抓住那些句子！我美丽的儿女
也是在这里出生
惩罚多重　也温情地让你变甜。
要学会抵抗。

不是逃离　也不是呆立
是抵抗
尽管肯定
会有更多苦痛和遗忘。

树

从激烈的清晨
男人冲进家门，孩子的气味
敲打他的脸　愤怒　遗忘，

赶紧锁门　反锁
小心取出人　衣服
熄灭衬衫的叫喊
熄灭狱中同志闪亮的眼
听温柔如何在房里走动
树枝下　还能睡一夜
树枝下　摔倒便长眠。

胜利

在一本洒满
爱、忧伤和世界的诗集
我的孩子们画出黄色的女士
走在红伞上的大象
停在一页纸边的鸟，
他们入侵了死亡
大蓝骆驼在"灰"字上休息
一张脸颊滑过我骨头的孤寂
天真战胜夜的无序。

菲德尔①

后世会称菲德尔

---

① Fidel，卡斯特罗的名字，相近词形 fidelidad 是"忠诚"
的意思。

伟大的舵手　旧时代的纵火者　等等
但人民说他是马，的确
一天　菲德尔跨上菲德尔
一头冲向苦痛冲向死亡
更冲向灵魂的灰
历史会讲述他英勇的事迹
但我宁愿记住那一天的角落
当他看着自己的土地说我是这土地
看着自己的人民说我是人民
打消个人一切痛苦阴影遗忘
只朝世界用标杆举起
他的心　他唯一所有的东西
在风中展开　像一面大旗
像对抗暗夜的火
像对恐惧正脸爱的一击
像一个颤抖着走进爱里的人
把心高举　在风中摇撼
用它分发吃喝烧火取暖
菲德尔是一个国家
我在他脸上看见脸的大潮
历史会在身后慢慢清算
我只看见他　当人们为如果曾经而起
晚安　历史会为你敞开大门
我们跟菲德尔、跟马一同走进。

卡米洛·西恩富戈斯①

清醒　生动　卡米洛走着　在海的阵流间
穿过石珊瑚和长着他胡须的怪物
还有大群奇异的生物
司令谈论古巴
声音在深渊里点起火②
召集淹死的可怜人
海难中被惩罚的迷途者
攻占海底国王的营房　卡米洛一刻不停
比如　我还在四路市场③见过他
在从吉它飘出的人民的嘴边
卡米洛去了海里
小裁缝④鸽子脸⑤一声不吭离去

---

① Camilo Cienfuegos（1932 年 1 月 6 日－1959 年 10 月 28 日），
古巴革命领袖之一，与菲德尔·卡斯特罗、切·格瓦拉并
肩作战，全国解放后不久在一次飞机失事中遇难，坠入海
中尸骨未存。古巴中小学生至今会在每年 10 月 28 日向大
海抛撒鲜花以示悼念。
② 卡米洛的姓"西恩富戈斯"是 cien"一百"和
fuegos"火"（复数）的组合。
③ El Mercado de los Cuatro Caminos，哈瓦那一自由市场，
以多条大路汇聚的优越位置和丰富的农副产品著称。
④ 卡米洛的父亲是裁缝，母亲是全职主妇，家里经济比较
拮据，所以他读书到八年级就辍学，陆续做过邮差、清洁
工和男式成衣的售货员。
⑤ 卡米洛非常瘦，脸小，而且"鸽子脸"也指一个人善良，
连苍蝇都不打。

有一晚　在哈瓦那的防波堤　我们看见海上升起子
　弹一样的光
可爱的小裁缝在缝痛和爱的布头
任务还长
总有一天他会回来
人们会立刻贴脸亲吻　无论我骨子里多忧伤

哈瓦那——布艾利斯

因为分作两半　我遭遇
一场争斗　一次卓绝的争战，
我朝敌对双方敬礼
任其冲扑　撕咬　伤残
它们不经许可休战又再战
巨大声响惊动四邻，
走在大街上我恍惚　出神
满身伤疤　哎哟　弹痕，
我的碎片熊熊燃烧
这两半恨得太炽烈
永远不得安宁除非成为灰烬
再争执已是阴影里。

艾基诗选

[俄] 根纳季·艾基 顾宏哲 译

【诗人简介】根纳季·艾基（Gennadiy Aygi, 1934—2006），当代俄语大诗人、翻译家。生于楚瓦什共和国的沙木尔奇诺，1960—1970年代苏联先锋派艺术的领军人物之一。艾基生前曾多次获得诺贝尔文学奖提名，2004年10月8日，因对楚瓦什共和国的功勋和宣传楚瓦什文化方面的重大贡献被授予楚瓦什共和国国家最高奖——楚瓦什共和国荣誉证书。此外，诗人还获得过无数的国内外文学奖项。艾基初用楚瓦什语、后用俄语创作诗歌，其诗具有世界主义的视野、非俄诗风与朦胧意象，这些与俄语诗歌传统迥异的自由诗使其在本国饱受争议。他的诗作"总是处于睡与醒的交界，是一种通向欲言之物的充满模糊与静默的媒介"（彼得·弗朗斯），被称为一种"新巴洛克主义"。

静

1
从记事起
由于眼睛里的疼痛
我就知道
是什么样的打击、在哪里
渲染了我们的沉默
这里，这个万物苏醒的地方
装满了回忆

2
而那些那时才看到这个世界的人们
如今开始第一次分辨
什么是黑什么是白
他们欢欣鼓舞，急于告诉人们
这就是白——
这就是黑

3
醒目
是不一样的碎片
喊声中我似乎经年
在寻找
皮肤纹理一样
深藏于我内心的各种关系
当我踽踽前行

被牛蒡一样的嘲笑包围
在峡谷中的某个地方
独自一人
（哦，曾经
是多么
孤独和单纯
只有我和田野
像世界）

在这里

像林海深处的密林
隐秘之地的实质被我们选择
它可以保护人们
而生命走进内心就像道路通向森林
于是我觉得"这里"这个词
成了生命之谜。
它意味着天空、大地
阴影中的东西
我们眼睛看见的东西
诗歌中我不能分享的东西
和永生的谜底
不高于
被冬夜照亮的灌木丛——
雪地上方白色的枝条
雪地里黑色的影子
在这里一切都相互呼应

用天生高贵的语言
就像——五味杂陈无法解除的命运中——
五味杂陈而且无法解除的命运中
注定无穷无尽的自由
从来无需高贵地——呼应生活
在这里
在北风摧折的树枝的尖上
风平浪静的花园中
我们不寻找大堆丑陋的枝条
它们像虚弱的身体一般——
拥抱着被风
撕裂的不幸
我们亦不知道能够高于其它的
言语和符号
我们生活在这里，在这里我们十分幸福
在这里我们无声地搅动现实
但如果与它告别是严酷无情的
那么这里也有生活的参与——
像离开它自己一样
我们听不到的消息
也离开我们
如水中灌木的倒影
它留下来是为了在我们走后占领
为我们服务完毕的
我们的位置
是为了让人们的空间只被
生活的空间取代
永永远远

赠别

——纪念楚瓦什诗人瓦西雷·米达

不知损失的夏天——曾经来过
田野里亲人们的爱
到处都把它融化——
尽管它似乎与自己的家族隔绝！
生命只能通过时间的长度
来衡量
这时间——已像血液和呼吸属于个人——
只是需要生命的那个长度——
为了在人们的脸上
眼皮透亮
由于朴实的言语
而且闪闪发光——
由于泪水无法觉察的动作

远行

纷争，还有远行、书信
都会被遗忘。
我们终将死去，
留下的只有悲伤，
人们会怀念浪花若隐若现的痕迹

在他们的梦里，耳朵里，
在他们的疲惫里。
怀念那曾经被称为"我们"
的痕迹。
所以，不要抱怨
生活、人、你和自己，
当我们一起
离开人世，
像同一朵浪花，
当你我的坟墓之间
不是飘扬着雪花、横亘着铁轨，
而是回响着
音乐。

做客归来

深夜我走在空荡荡的城市里
步履匆匆
快点——到——家，
因为在这里，——
在大街上，
太难以找到
拥抱石头的热望。
而且——就像狗——用牙床——咬住手——
用手抓住——自己的——衣袖——
而且——像压力十足的机器
发出的声音

是在那个家中会面的印象
我刚刚从那里离开；
而且——某人——真可怜——总是——很可怜，
就像黑与白之间
分明的界限；
而且——那低垂的头颅，有它在
我似乎就能远远地记住自己，
我会保持到清晨，
并用手肘在桌面摩擦
像摩蜡一样。

心爱的

苍白的脸——
静谧的金色外皮！……
梦在某一个地方游动
轻盈，
除了上帝的
自我游戏
一无所有
在它的这种掩护之下。
于是——从这个原始的
游戏之中
我知道了
什么是寂寞。

春天的窗口——在特鲁博纳亚广场上

致 B. 雅科夫列夫

这些空旷透明的城市
熟知我的童年
那些年所有的花开花落、喧哗笑闹
都幻化成了摇动的方格,
只要我把它们轻轻触摸,
姑娘们的婚礼
仍然会像从前一样举行
没有音乐,没有门窗;
远处微微发亮
那是幽幽的绿色,
在她们身后,在那里,
被雨水淋湿的屠夫
倒在鱼堆上哭泣,
再一次举步、跨越——
我在这里,我在这里;
举步、跨越——
一次到永远——
我梦见——红色的——破碎——与整合
就像雾里的钟声——
——也像——赞美歌的——序曲

来自南方的消息

金光结束了梦境，把人折磨
白天它若隐若现
而在某个地方藏着一张脸的轮廓
像雪橇一样一目了然和空旷
远远地追上我的身影
使我焦虑，皮肤发亮
它善于用眼神掩藏
大海和别人的旗帜
用狭窄的黑色液体
把它们与心脏融合
小心翼翼地保存在
思想——车轮——纵深——被烧焦的——
灌木丛——的记忆里
斜着露出太阳穴
似乎血色中闪烁着金光
这情景我在梦中见到
那是被墙壁撞破的脸！——
而且，就像抚摸向日葵的伤口
安慰的话语在衣物和发际游走
宛如被扯到山上的光线
这等于用黄昏时分胆怯的雪花石膏
去填充圣杯的花纹

八月的早晨

我们不知不觉为自己藏起了白天
就像把花园中的叶子藏到正房
而它驯顺地隐藏在
这座房子里的某个地方孩子们玩耍的地方——
独立于我们之外
我们毫不相干
就让这光明分毫毕现地创造你
那样总在永远失去的东西
会留下痕迹：
所有地方所有门窗总是开着
枝蔓撕扯着光明
把它从全民苦难摇曳的微暗中
引到我们心里，
还有悬在我们上方的事物
在它们的后面早就保存着
羞怯面容的反光
在最初一线光明的最深处

192

达尔东诗选

[萨尔瓦多] 洛克·达尔东 欧阳昱 译

【诗人简介】洛克·达尔东 (Roque Dalton, 1935 —
1975)，萨尔瓦多著名诗人，被认为是拉丁美洲最不能不
读的诗人之一，曾在智利大学攻读法律，同时对社会主义
发生浓厚兴趣。1961 年前往古巴，1965 年回到萨尔瓦多
时被判死刑，但因发生地震监狱倒塌而逃生，在革命同志
的帮助下，重又返回古巴，随后去布拉格，在那儿长期过
着流亡生活。后参加萨尔瓦多的人民革命军，但被该组织
判处死刑，在他 40 岁生日的四天前被处决。达尔东在萨
尔瓦多家喻户晓，他的头像出现在该国的多种邮票上。他
的名言广为流传："诗歌就像面包，人人都需要。"他的
许多诗歌都被谱曲。他的诗歌语言鲜活，常用俚语和日常
语言入诗。

27 岁

活到二十七岁
是件严肃的事
实际上这是
最沉重的一件事
我淹没的童年的朋友
在我周围纷纷死去，
我开始在
想，我也不会
永远活下去

确定

折磨了四个小时后，那个阿帕奇人和另外两个
警察往囚犯身上泼了一桶水，把他弄醒
然后说："上校命令我们告诉你，你将有
一个机会，可以救你自己一命。如果你能猜出我们
哪个装了
一只玻璃眼睛，我们就饶了你，不折磨你了。"囚
犯从行刑者
脸上一个个看过去之后，指着
其中的一个说："他的眼睛。他的右眼是玻璃。"

几个警察吃惊地说："你有救了！但你是怎么
猜出来的呢？你的所有同伙都没猜出，因为那眼睛是
美国造，也就是说，完美无缺。""很简单，"囚

犯说着，
感到又要昏迷过去。"那是唯一一颗不带仇恨
看着我的眼睛。"

当然，他们继续折磨着他。

忘却

昨夜，我梦见，有人告诉我说：你的爱死了。

你的爱，你年轻时爱过的少女
已经死了。

死在南方一个寒冷的城市
那儿的公园是一颗巨大无比的露珠，
死在这样一个时辰，此时，雾还是个处子
而城市转身，把背对着
绝望灵魂的凝视。

她死时——他们告诉我说——没有说出你的名字。

像你一样

像你一样，我
也爱爱情、生活、万物的
甜香、天空——

一月每一天的蓝色风景。

我的血液沸腾
我通过眼睛大笑
这眼睛熟知泪水的蓓蕾。
我相信世界很美
我相信，诗歌就像面包，人人都需要。

我相信，我的血管不在我身上终结
而在那些为生活，
爱情，
小事情，
风景和面包，
以及人人都需要的诗歌
而挣扎的人的一致的血液中终结。

裸女

我爱你的赤裸

因为你裸着，你用毛孔吸我
像水一样，当我沉入墙壁之间。

你的赤裸以热力摧毁了限度，
打开了所有我能了解你的入口
像迷路的孩子，拉起我的手
你肉体里的这个孩子让年龄和问题得到休息。

我呼吸你的皮肤，我吸收之，它咸、它甜，
直到它成为我的宇宙，成为喂养我的信条，
我举起的香灯瞎了眼
当我的欲望在黑暗中对我狂吠

当你闭起眼睛，为我脱光衣服
你刚好装进酒杯，休息在我舌尖，
你刚好在我指间就范，像我饿得想吃的面包，
你刚好在我身体之下，比影子还精准。

你死的那天，我会把你裸着掩埋
这样你入土时就会干净，
这样我上路时就会想念吻你的皮肤
这样我就会在每一条河流编织你的散发。

你死的那天，我会把你裸着掩埋
就像你又出生，在我胯间。

凌晨

你知道我死时，不要说我的名字
因为死亡与和平还得等待。

你的声音，你五种感官的铃声，会形成
我的轻雾寻找的细瘦的光芒。

你知道我死时，说点别的什么。
说鲜花、蜜蜂、泪滴、面包、风暴。

别让你的嘴唇寻找我的十一个字母。
我想睡了，我爱过，我学会了沉默。

别说我的名字，当你知道我死了：
我会从黑暗的地下出来，寻找你的声音。

别说我的名字，别说我的名字。
你知道我死时，别说我的名字。

有点乏味的书房

> 克罗夫：他在哭。
> 哈姆：那他还活着。
> ——贝克特《终局》

十五岁的时候，我天天晚上都哭。
我知道这没什么特别之处，
也知道，我能用我歌唱的声音
告诉你，这个世界还有更好的事情。

即使如此，我今天第一次喝了酒
一丝不挂地呆在房里，这样我就能够接受被闹钟
切成小片的
下午。

独自想心思很痛。没人可打，没人
可原谅，没人可宽厚地令其脱钩。
只有你和你的脸。你和你的脸
那张圣徒的假脸。

没人见过的伤疤进入眼帘，
我们每天藏起来的鬼脸，
那张我从来都没法埋葬的脸，它会使我们哭喊、崩溃
完全崩溃
在好人知道一切的那一天
而且，就连鸟都拒绝给我们爱和歌。

疲倦的十五年
我天天夜里哭叫，只不过是为了装得好像还活着。

也许你们没一个人理解我说的意思。

这是我第一次喝的酒在说话，不是我
与此同时，把我压倒的皮肤吞没了阴影。

虚荣

我要死，就要死得伟大

我的罪恶要像古代珠宝一样闪光
放射出毒汁可口的彩虹

我的坟头要开出各种香气
我最伟大的欢乐的青少年版本
我忧伤的秘密文字

也许，某人会说，我忠诚、我善良
但只有你才记得
我看你眼睛的那种眼神

我要

我要谈谈生活中所有旋律悠扬的
角落我要收拢一条河流的文字
梦境和名字报纸里略去没说的
东西寂寞者在雨隙中
受惊后的痛苦
我要救助情侣枝叶落尽的抛物线把它们交给你
放在孩子玩的游戏面前
详细解释他每日甜美的毁灭
我要说出人的音节
其悲痛的声音
我要给你看他们的心在何处一拐一瘸
我要暗示谁配在背后
给以枪子我要跟你讲讲我自己的那些国家
我要强加于你开拓了世界条条道路的伟大
移民中成群外出的人
我要谈谈那些浑身泥水躺在沟边的人的

爱情
我要跟你讲述火车
讲述我的那位用别人的刀杀死自己的朋友
讲述被神话的礁石被盲目
击碎的所有男子
讲述我的三个儿子都会活过去的这个世纪
讲述鸟的舌头和四条腿的巨兽
惊逃时激起的狂暴的泡沫
我还要跟你讲述古巴
和苏联的革命
讲述我仅因眼睛就爱上的那位姑娘
讲述缩短的风暴
还要讲你充满黎明的生活
还要讲那些问你说谁见到你了这话是谁说的
我怎么会在你之前就到了
这儿的人
还要讲大自然的一切
还要讲人心和人心的证词
讲彻底湮没前的最后指纹
讲细小的动物讲温柔
我要说 yes 跟你讲所有那些告诉你
我本人知道反过来又有人告诉我
或是我在那间巨大的痛苦之房生活时得知的许多故事
以及我之前其他许多诗人说过的
你要知道也很好的事情

我无法给你更多——诗歌的门
关上了——

除了我自己在沙上被砍头的尸体。

我跟你说

国家跟你自己一模一样
岁月流逝，而你不可能越活越年轻
应该为愿意继续当萨尔瓦多人的人颁发忍耐奖
贝多芬耳朵聋了，还得了花柳病
但世界获得了第九交响乐
你之所以失明是因为火光
你之所以哑了是因为呼喊。

我会回来，我会回来的
我不会带回和平，但我会带回豺狼的视觉
猎狗的嗅觉
伴着国歌的饥饿爱情
你已经吃掉了洪都拉斯
弗朗西斯科—莫拉桑省的肉体
现在，你要吃掉洪都拉斯
需要扇你一耳光
用电击你
对你进行心理分析
你才会回到你真实的自己
你不是拉斐尔·梅扎·阿约先生，也不是墨德拉罗上校
我们得把你放在床上
只让你吃炸药面包和水
每隔十五分钟用莫洛托夫鸡尾酒洗你

然后，我们就一起
打响一场真正的战争
看你是不是能睡得打鼾
正如佩得罗·英方蒂曾经说过的那样，
新娘子发怒，老妈也怕。

论头痛

当一个共产党人真好
尽管你会很头痛

因为共产党人的头痛
是历史性的，也就是说
头痛不会因为止痛药而消失
只有在地球上实现了天堂才会消失。
事情就是这样的。

生活在资本主义制度下，我们头痛
我们的头被人宰了。
在革命斗争中，头是一颗延时
炸弹。
在社会主义的建构中
我们计划头痛
这并不能缓解头痛——情况正好相反。

除了别的之外，共产主义将会是一颗
大小如太阳一样的阿司匹林。

第十六首诗

制定法律，就是为了让
穷人遵守。
法律是富人制定的
为的是能够剥削得井然有序。
穷人是历史上唯一遵纪守法的人。
穷人一旦制定法律
富人就完蛋了。

基尔施诗选

[德] 萨拉·基尔施 马文韬 译

【诗人简介】萨拉·基尔施 (Sarah Kirsch, 1935—2013)，原东德诗人，当代最重要的德语诗人之一。1967年以诗集《乡村行》在东、西德一举成名，因其诗风独特而获得"萨拉之声"的美誉。后移居西柏林及北德偏僻乡村。到西方后，基尔施没有像许多东德同行因水土不服而事业式微，在宽松的创作环境中硕果累累，获得了毕希纳奖等诸多奖项。她的诗歌关注人与人和人与自然之间的爱。她是营造意境的大师，将情趣和意象融合得恰到好处。她的诗有意运用跨行句式和省略逗号为读者提供反复阅读、揣摩和联想的空间。她认为写诗就必须完全投入，要与其生死攸关，因此她的诗情感强烈，意蕴厚重。

白蝴蝶花丛旁

按照他的嘱咐
我来到白蝴蝶花丛旁
站在柳树下一棵
枝条光秃凌乱的大树
你看大柳树说他没有如约前来

是啊我说他崴了脚踝
鱼刺扎了嗓子，街道突然
实施了交通管制或者
他无法摆脱他的妻子
许多事情都会把人的行为阻拦

大柳树摇晃着发出阵阵响声
也可能他已离开人世
他到大衣下吻你时脸色苍白
也许大柳树也许是吧
让我们宁可巴望他已不再与我相爱

呼吁辞和咒语

好啊雨雪雷暴和冰雹
从大海的深渊里升腾起来吧
在天空中紧密地相互拥抱吧
直到他躺上我的红色沙发。

他若竖起硬棒你们就给我把房门
关上在外边你们就尽情折腾吧
你们就撕打翻滚闹腾得天翻地覆吧
哪怕我的庭院看上去如同年货市场。

在房中我们专注地体验我们的爱情。

空气中已经有雪的味道

空气中已经有雪的味道，我的爱人
披着长发，啊冬天，把我们
紧密抛到一起的冬天来了，驾着
灵缇拉着的雪橇。它将冰花
洒满了窗户，炉灶中炭火通红，
你最美的白雪王子将头放在
我的怀里
我告诉自己这是
不再停歇的雪橇，雪径直冰凉地
飘落到我们心中，院子里的
煤渣桶上它还泛着红光宝贝乌鸫喁喁啁啾

维珀斯多夫（5）

令人敬畏的双层屋顶的
华厦——在这里我感到
双倍的孤独经受着

晴空和噼里啪啦的冰雹

还有柔和如水的月光。啊，我

忆起那感人的岁月，几乎如同兄长那

温柔的手在清晨把我唤醒，快乐

的日子犹如孪生儿难以区分。我后来

都做了些什么。我勤奋地

抓住诗神阿波罗不放同时

又竭力去赢得一颗完美跳动的心——

一切终归徒劳。到头来

我拥有的只有我，和一个稚嫩男童

以及不断增加的

岁月还有时而

如羊群缓缓游动的白云。

老鹰①

雷声隆隆；红火焰

将天空扮靓。针叶林木

浑身颤抖。一只浪迹天涯的鸟

展翅风中坦然地

在天空盘旋。它南边的眼睛里

有你，北边的眼睛里是我?

我们如此四分五裂，只有

在这只鸟的脑袋上才完整。我为什么

---

① 此诗背景是两德分离期间，生活在东柏林的萨拉和西
柏林的诗人梅克尔相恋，大墙两边的恋人难得相聚。

不是你的仆人那就可以
待在你的身边。在这电闪雷鸣的夏天
没有人在想自己千万
映象中的太阳无非一副可怖的面孔。

冬之乐曲

我曾是一只红色的
狐狸高高地蹦跳着
获取我之所求。

现在我是灰色灰色的雨。
在我的心里
格陵兰岛山亦有我的足迹。

岸边有一块明亮的石碑
上边刻着：无人返回。
这石碑缩短着我的生命。

天涯海角无处不
充满痛苦。爱情
犹如一个人折断了脊柱。

夏天

人烟稀少的乡村。

纵然广袤的田野上跑着巨型农机
镶嵌在黄杨林木篱笆中的村庄
仍然昏昏欲睡；自由自在的猫
难得有投石惊扰。

八月流星划破夜空。
九月吹起狩猎号角。灰雁还在
飞翔，仙鹤依然在未遭毒害的
草地上漫步。啊，如山的云
飘过树林上空。

假如这里人们没有订报
那么世界仍然一切正常。
煮着李子酱的锅里
映出自己美丽的面庞
田野一片火红。

鹅卵石路

看不见它，雪将它覆盖。洁净的白雪
在阳光下闪耀。翘起的石头硌着
脚板。每当同时踩着两块石头，
才走得平稳。我若来到鹅卵石路，便开始
像马一样小步奔跑。我那飘动的头发
仿佛翅膀。耳朵后挂着铃铛。趁没有跌跤
我已走得很远。

自然保护区

波茨坦广场①上
蹦跳着世界城市的野兔
面对这块大草地我无法
相信祖父对我的讲述
这里曾是世界的中心
当时还是青年小伙的他
开着鹰牌小汽车
和一位俏丽的姑娘兜风。
巢居在高墙上的燕子
在业已消失的饭店中飞来飞去
茂盛的草地和灌木丛中
升腾起飘渺的雾霭
纵然大自然尽其所能让石子路
和电车轨道杂草丛生也难
阻挡人们意欲闯入的脚步。

与日俱增的寒冷

冬天过早地来临
十一月温度表就标示出

---

①东、西德期间，柏林市分成东西两部分，二战中被毁坏
了的波茨坦广场处于两部分中间，成为隔离地带。诗中的
"高墙"即东德修建的柏林墙。

北极才有的温度
漫天大雪下个不停
很快就只能见到屋顶
白雪覆盖了林木
只露出个别高耸的树梢。

人们如同鼹鼠那样挖掘
从房舍到谷仓的路径
抱怨之声此起彼伏
打开房门得花多少气力
更不要说如何去取饲料
如何为牲畜饮用水加温
直到高压输电线杆
在暴风雪中轰然倒塌。

现在毙命的牲畜不计其数
剥皮和磨骨粉的进度
无法满足形势的需求
天天收集横尸田野的牲畜
借助木板和石块将其堆摞
想到天气可能忽然转暖
农夫不禁毛骨悚然。

为了外出购买取暖燃料
我穿上皮靴戴上羊皮手套身上
还裹着两条毛围巾看见
一只猫直挺挺僵立在雪地里
分明行走间突然动弹不得

绿色的双眸还亮光闪闪
越过田间小路朝着村里眺望。

雪屋①

从天而降之物都有足够的存储
尽管人们尚不相信自己的眼睛
现在高楼大厦就是低矮的村居，生活
不得不在这里转入雪下，通过
雪中隧道去商店学校和地铁车站
迷路的人不在少数

也是该着！暴雪骤降之际我们刚好
躺在床上
多么幸运啊我们欣赏音乐，平常就是
到了春暖花开也难有机会相聚
分离嘛这会儿想都别想
眼下独自一人无法生存雪厚厚地压着
大地我们去买酒和面包
可是无法找到通向那里的道路

他在我们面前的雪里挖出一个空间我们决定
按照哥特风格装修我们的雪屋，拱顶
和家具都像模像样雪屋的一切

————————————

①此诗是一首描写雪灾之作。

都以雪制成高高的书架上的书
可以随意更换，我们甚至自己
在纯粹的冰板上印书凸版一经加热
立刻几本古典名著便出现在面前
现在该休息了钟表
也要上弦

待在我们脚上的爱斯基摩犬钻进睡袋
时而不小心便滚落到光滑的地面
接着睡袋就激烈地活动起来，喂别让火熄灭
不过我希望我们不要躺在湖泊上面

毁坏的开端

无法到上面行走沼泽围绕着它
人四脚的动物都永远无法
踏进这块被施了魔法的诱人草地
无法触及那黑树的皮肤，这些树
是擎天巨柱，看不到那啼鸣各异
从振动的枝叶里飞出的鸟
冠毛奇异的美轮美奂的珍禽，为数
众多的啄木鸟还有羽毛呈蓝色的鸽子。
连相邻牧场的奶牛，迟钝的畜牲，也时常
试图逾越边界，它们蔑视面前的栅栏
愣冲硬闯招致胸部伤痕累累。到了那边
头上戴的标识牌逐渐沉没。
沼泽地居心叵测铁锈一样的水

让我们望而却步。我们看到
草地上露珠日夜闪耀
那里的花从未受到尘世凡人的
骚扰那里的星斗格外璀璨，植物根深叶茂
树冠得意地摇曳，难以实现的愿望让
我们变得郁郁寡欢，站在普通的
奶牛牧场上心中充满了渴望。

浅海滩 II

我魔王的女儿郑重地
与制造世界末日的两位恐怖
骑士①相约在朝霞出现之前
在随时有遭水淹的危险的
浅海滩上派对。
随风旋转的雾霭和
急促飘洒的雪花笼罩着
到处是海鸥尸体和
可乐听罐的地面形成
一种亲切殷勤的氛围苍白的
月亮乘着迅达公司的游艇
行进在忙于交媾的云彩之间对
来自南方的信天翁倍加赞赏木星
先后在牛圈和海上钻井平台上空闪耀。

---

①圣经约翰启示录中四个骑士受命，在四分之一的尘世上，
利用利剑、瘟疫、饥饿和野兽进行杀戮。

新年好！海上救险队的焰火欢呼着
失踪的来自毕苏姆的小伙儿
将无法找到从唯一的一棵树上
往下掉落乌鸦黑色的苹果。

生活

风不停地
将畜栏的门打开又关上
周遭的空气中
响着叹息和急促的脚步声
未割过的草地上
走过一只狐狸般红色的猫
身上披着起伏的波浪

玛丽·奥利弗诗选

[美] 玛丽·奥利弗 倪志娟 译

【诗人简介】玛丽·奥利弗（Mary Oliver, 1935—   ），生于美国俄亥俄州枫树岭，13 岁开始写诗，1962 年前往伦敦，任职于移动影院有限公司和莎士比亚剧场。回到美国后，定居普罗温斯敦。她的诗歌赢得了多项奖项，其中包括国家图书奖和普利策诗歌奖（1984 年）。主要诗集有：《夜晚的旅行者》（1978）、《美国原貌》（1983）、《灯光的屋宇》（1990）、《新诗选》（1992）、《白松：诗和散文诗》（1994）等。她是当代美国最受欢迎的诗人之一。其诗作植根于对俄亥俄州和新英格兰的记忆，以对自然世界清晰、深刻的观察、体悟著称。她被有的批评家认为具有爱默生式的视觉想象能力，善于描绘并传递出神入迷的情境，同时又对作为食肉动物和被捕食动物的世界保持着清醒的认识。

大海

一点
一点，我的
身体忆起那种生活，呼唤着
它失去的那些部分——
鳍和鳃
像肉体中开放的
花——我的腿
想合拢，连为
一体，我发誓，我衷心向往的
只是让灰蓝色的鳞
覆盖我，
我将满心欢喜！
如同进入极乐世界！如同置身
母亲的怀抱，
或者充满盐和运动的
梦的房子，
漫溢的乡愁
从骨头里
发出请求！它们
多想放弃长久跋涉的
陆地，和脆弱的
知识之美，
再次变成一个感觉混沌的
明亮的身体，
只是沉浸着，
滑行在大海闪光的起伏之中

渐渐消失了，
就像胜利消失在
诱人的起源中，消失在
熊熊的火焰中，消失在
我们自己
完美的
开端和终结之中。

翠鸟

翠鸟，从黑色的波浪上升起，
像一朵蓝色的花，嘴里
叼着一条银鱼。我想，这是
最完美的世界——只要你不介意
一些垂死之物。在你整个生命中，难道
不曾有一天
感受到它幸福的光芒？
鱼，比一千棵树上的叶子更多，
无论如何，翠鸟
并不为思考这些问题而生。
当波浪卷过他蓝色的身体，
水
仍然是水——饥饿
是他一生中
唯一相信的故事。
我不说他是对的。我也
不说他错了。他虔诚地吞下

银鱼
连同破碎的红色河流，连同一声尖锐而
轻快的鸣叫。
我无法跳出我沉思的身体，
我的生命依赖这个身体。他重新盘旋在
明亮的海上，去做相同的事，做得
如此完美。（正如我渴望做些事，无论是些什么事）

居住在果园的小猫头鹰

他的喙能启开一个瓶子，
他的眼睛——就在你肩膀上方——
当他张开温柔的眼睑，
仿佛读着什么，
譬如布莱克，
或者启示录。

不要介意他只吃
黑色的蟋蟀
和蜻蜓——如果它们碰巧
在夜晚经过池塘，当然
还有偶尔的老鼠大餐。
不要介意他只是恐惧事务所的
一条备忘录——

当我们接触活生生的猫头鹰时，
当我听见他在果园

垂下
尖叫的
铝合金小梯子，
当我看见他张开翅膀，像两片黑色的蕨，
不是大小而是关于它的感觉呈现，

一连串心悸
如冰冷的霜雪，
掠过
我心灵的沼泽，
像一个荒凉的春天。

在宇宙的某处，
在纪念品陈列厅，
小猫头鹰，俏皮又时尚，
端坐在它的基座上。
可爱的，毛茸茸的黑东西！
神秘的砾岩台上的标签
提供了一些信息：
遗忘和公司
钩状的头在它黑色羽毛装饰的房子中，
向前瞪视。
它也许是一个情人节礼物。

关于艺术是否来自不满足的争论

对着每一条线索低语，"我将回来"，

我在黑暗中攀登悬崖。有一次
我踩松了一块岩石，过了很久，
它落地的声音，才从深渊中传来，但是急流声
几乎淹没了它，而风——
我几乎忘记了风：它在你身边呼啸，
伺机打击你，使你向外坠落……

我记得他们说，这很艰难。我凭运气
爬进一个隐蔽点，避开了
风，开始用我受伤而麻木的手
敲打石头，来回摇动，
在黑暗中，在沉默的笑声里——
　"再试！"哦，我多么喜爱这种攀登！
对着石头、绳索和重量低语——
当你的肌肉裂开时，一定要放松，正确
行事。他们不满足地回到那里，
等待着被驱逐向前。我敲打
地球，骑着地球经过星星：
　"再试！再试！"

两种看法

1
昨夜，鹅回来了，
在浮动的月光中，
它倾斜着身子，迅速飞下
黑暗的池塘。一只麝鼠

透过朦胧的微光，看见了它们，匆匆

爬回秘密的小屋，告诉大家
春天已经来了。

它来了。
当我在早晨走出门，
最后的冰已经消融，画眉
在岸边鸣唱。每年
当鹅回来时，
同样的事便会发生，我不知道
这是为什么。

2
窗帘被拉开了，一个
老人，戴着羽绒帽，
穿着皮护膝和动物毛皮做的
马甲。他跳起舞，

带着一种阴郁的沉醉表情，在远处的
田野中，树
开始低语，吮吸着长长的根。
它们慢慢长高，逼近了
学校的窗子。

3
有许多事情
我不理解，但我理解这一点：明年，

当春天
流经起点时，我觉得
我正淹没在它微光闪烁的旅程中，然后
一两只鸟儿将飞过我的头顶，
预示着开端。

至于其他一些
痛苦，它试图去
抽象，却

在一个已经消失的荒野突然闪亮，像火，
依旧热烈：一个年老的齐皮瓦人
皱纹丛生的脸
正露出微笑，憎恨着我们，
并为他的生命而起舞。

向着太空时代

我们必须抓住
周围的一切，因为没人知道
我们可能需要些什么。我们不得不
携带空气，以及我们曾以为
是一种负担的重量，事实证明，它形成了
我们生命的冲动，是我们大脑的罗盘。
颜色平缓我们的恐惧，除非
我们的思想能不受监视地产生，让必要的
愚蠢如泉水一般，从我们的梦中涌出，否则，存在将受阻。

哦，我希望我们仍能
让风吹拂，让一些打击
偶尔像雨一样到来，
仍能去流浪冒险，而不会有人介意——
无害的爱，角落中放肆的大笑，
一家人悚然围绕着咆哮的前门，
像熊在钢琴的洞穴中。

臭菘

此刻，当池塘上
坚硬的冰壳开始消融，
你来了，梦想着蕨类，鲜花
和舒展的新叶。
包裹着青紫色花心的臭菘，
穿透碎冰
和寒冷的泥浆，
在空中挂起它的一束束叶子。
你跪在它边上，可怕的
气味，公然蔓延着，
不断为它自己
吸入养分。
它粗糙的绿色洞穴
使人惊恐，而处于泥土之下的
粗大根茎，和本能一样

顽固有力！
这正是你热爱的森林，
这里，每一次神秘的死亡
重新复活——一种奇迹，
带来的不仅仅是轮回，
还有茂密而灼热的再生。不是
温情，不是渴望，而是勇敢和力量，
摧毁了冰冻的瀑布，摧毁了过去。
蕨，叶子，鲜花，最后的
至臻完善，优雅又闲适地等待着
繁盛起来。
铭刻踪迹的，并不必然是美的。

猫鹊

他仔细挑选他的池塘，以及柔软的灌木丛天地。
他吩咐他的夫人过去，她就摇着尾巴，
乖乖服从了。
他早早地开始创作歌曲。
即使是夜晚或雨天，他也绝不进入一所房子。
虽然他谨慎，但他不怕风。
他防范蛇，这黑色的火焰，
一直盯着它爬远。
他警惕盘旋在树上的老鹰
和它锋利的爪子。
他在鸣唱中包含着祈祷。
他的一生，从未错过一次日出。

他不喜欢雪。
少许葡萄干就带给他最大的快乐。
他坐在丁香的刘海上，或者大摇大摆地
走动在它的阴影中。
他既不是珍贵的珩鸟也不是耀眼的颊白鸟，
而是平凡如小草。
他的黑帽子给他一副自满的神情，为此
我们人类已嫉妒地学会了歪带我们的帽子。
当他不唱歌时，他便倾听。
我从没见他闭上过眼睛，
虽然，他可能什么也没看，只是盯着一片云，
它为他带来许多新观念。
在枝条间，在小径上，
他跳跃的步伐令人眼花缭乱。
我每天早上都看见他，因此我以为他认识我了，
这是我奖给自己的一份快乐。
可是他从未回报我的点头致意。
事实上，他仿佛在我身上找到了一种幽默，
我那么庞大，那么变化无常。
我走来走去
并知道前因后果。
我理解他吗？
当然，他永远不会理解我以及
我所存在的世界。
因为他从不为美元王国歌唱。
他灰色的翅膀中也从不长出钱袋。

达尔维什诗选

[巴勒斯坦] 马哈茂德·达尔维什 唐珺 译

【诗人简介】马哈茂德·达尔维什 (Mahmoud Darwish, 1941—2008)，巴勒斯坦当代著名诗人，被誉为"巴勒斯坦民族代言人"，是巴以冲突下巴勒斯坦抵抗诗歌流派的代表人物，致力于书写巴勒斯坦民族的战争创伤与流亡苦难。2000 年，达尔维什心脏病发，在治疗期间他写下以生死为主题的长诗《壁画》，期望留下一部如壁画般不朽、如阿拉伯贾希利叶悬诗般具有永恒意义的遗作。悬诗是阿拉伯古代文学流传下来的经典，也是阿拉伯传统文化的重要代表。达尔维什将《壁画》比作他"最后的悬诗"，足以说明病中的他为这部诗集倾注的心力。他曾说："这首融入个人死亡经历的长诗，其抗争之处不言自明：我们的公共生活正处于一种群体性的抗争身份、意义之死的状态。诗歌自诞生之日起所发起的战胜隐喻死亡的抗争，或许是引领我们走向新的复活的或近或远的征兆。"2000 年前的达尔维什专注于民族意义的"群体经验"与爱国情的书写，重获新生的他则更为观照个体层面的复合情感与人性本质的深掘，追索"抵抗"的美学意义和普世价值。这里选译了长诗的前四分之一部分。

《壁画》（长诗节译）

这便是你的名字 /
一个女人说道，
迅而消失于螺旋回廊……

我眼见那天空触手可及。
白鸽翅膀携我前往另一个童年。
我没有梦见自己在梦。
所有事物皆为现实。
我知道我把自己扔在一旁……
继而腾空飞起。
在终极苍穹里，我变成什么，就成为什么。
所有事物皆为白色，
大海悬于白色云顶的上空。
白色的绝对空域里，虚无也是白。
此时，我是那白色无穷方圆里的唯一。
我在诞生前抵达，
没有天使降临问我：
"在那里，在尘世里，你做了什么？"
我没有听见好人的呼喊，也没有恶人的呻吟，
我是白色中的唯一，
我是唯一……

复活门下，没有什么令我苦痛。
时间不能，情感不能。
我无法感知事物之轻

230

与疑惧之重。我没有找到人发问：
我的"哪里"此刻在哪里？
死人之城在哪里？我在哪里？
没有虚无
在此地的非此地……和非时间里，
也没有存在。

我似曾早已经历过死去……
我认得这景象，知道我将
前往一个未知。或许，
我仍在某个地点活着，知道
自己想要什么。

我将在某日化作我的想要。

我将在某日化作思想。
把它带到荒地里的，不是剑，也不是书……
它像落雨
令山峦在青草的绽放中龟裂，
没有力量已胜利，
没有正义被流放。

我将在某日化作我的想要。

我将在某日化作飞鸟，从我的虚无里
抽离我的存在。我的双翅愈发地燃烧，
我将愈发接近真相，从灰烬中复活。
我是痴梦人的对话，

厌弃了躯体和心灵，只为完成首次旅程
去抵达
将我点燃后离去的意义。
我是缺席的，是天国的
被逐者。

我将在某日化作我的想要。

我将在某日化作诗人，
水将听令于我的直觉。我的语言
是隐喻的隐喻。但我不宣告也不指出
某个地点。只因地点是我的罪过与托词。
我来自那里。我的"这里"
一步步跃上我的想象力……
我是曾经或未来的某个存在，
无穷延伸的空间，
把我制造，把我推倒。

我将在某日化作我的想要。

我将在某日化作葡萄园，
就让夏日即刻把我挤榨，
让那糖化土地上被水晶灯照亮的行人
畅饮我的佳酿！
我是信息，是信使，
我是一个个短小地址，是邮递。

我将在某日化作我的想要。

这便是你的名字 /
一个女人说道，
迅而消失于她的白色长廊。
这便是你的名字，好好记住它。
不要为了某个字母争论不休，
不必在意部落的旗帜。
作你平行名字的朋友，
与生者死者一道去试用它。
在异乡人的陪伴下
练习它正确的发音，
在山洞的岩石上刻下它：
我的名字啊，你将与我一道长大。
你携带我，我携带你。
异乡人成了异乡人的兄弟。
我们将带走阴性，用一个献给长笛的元音。
我的名字啊，我们此刻在哪里？
快告诉我：当下为何物，明日为何物？
时间为何物，地点为何物，
旧为何物，新为何物？

我们将在某日化作我们的想要。

没有旅程展开，没有路途结束。
智者尚未抵及他们的异乡，
异乡人尚未抵及他们的理智。
众花里，我们只认得银莲花。
就让我们行至壁画的至高处：

我诗歌的大地绿而高耸，
黎明时分主的话语便是我诗歌的大地，
我遥不可及，
遥不可及。

每一缕风里，会有一个女子挑逗她的诗人。
——快带走你曾赠予我的
那个破碎的方向，
快把我的阴柔给我。
我已所剩无几，唯有凝视湖水的褶皱。
快带走我的明日。
快让昨日到来，让我们同在一起。
在你之后，没有事物将离去
或是返回。

——带走这诗吧，如果你想。
在这诗中，属于我的唯有你。
把你的"我"带走。我将用你致野鸽的亲笔信
去完成那流亡地。
我们中哪个是"我"，我好成为另一个？
一颗星将在书写与言说间坠落。
记忆正散布它的思绪：我们出生于
无花果与仙人掌间，剑与笛的时代。
那时的死亡更缓慢，
更清晰。它曾是途经入海口的过客间的休战。
而如今，电子按钮便可完成一切。
没有杀手聆听死者，
没有烈士

诵读他的遗嘱。

你来自哪道风？
快说出你伤痕的名字，
让我知晓那些令我们两次迷惘的路途！
你的每一股脉动皆令我痛苦，
把我拽回到那神话时代。
我的血液令我痛苦，
盐令我痛苦……静脉令我痛苦。

在破碎的瓦罐里，叙利亚海岸的女人们
为距离之长恸哭，
在八月的焦阳下烧燃。
诞生前的我，看见她们在前往泉源的道路，
听见陶罐里的水声为她们哭泣：
快回到云里，安逸的时光将返回。

回音说道：能够返回的，
唯有强者的过去，他们将登上极限方尖碑的顶端。
（金色的，他们的遗迹是金色），
弱者则唯有把信寄付明日：
请给予我们糊口的饼，给予我们更强固的当下。
轮回、降生与永恒不属于我们。

回音说道：
我已疲于我那无可救药的希望。我已疲于
美学的圈套：巴比伦之后
是什么？一旦通天的路途清晰，

一旦未知揭晓了终极目的，
祷告里的散文将流传，
歌谣将破碎。

绿色的，我诗歌的大地绿而高耸……
从我深渊的裂谷俯瞰我……
在你的意义里，你如此陌生。
你只需独自，存在于那里，便可成为
一支部族……
我歌唱，是为了丈量白鸽的痛楚里
徒劳的程度，
而非为了阐释主对世人的昭告。
我不是先知，去祈求天启，
去宣告我的深渊正在上升。

我对来自我语言的一切事物感到陌生。
遥远的词语，
拥有一片比邻高远星球的大地。
近处的词语，
拥有一块流亡地。一本书不够我宣告：
我发现自己现身于缺席里。
我每每审视自己，会发现他人的存在。
我每每审视他人，
会在他们身上只找到陌生的自己。
莫非我是一个充满群体的个体？

我是异乡人，疲于踏上那条"流着奶的路"
去抵达爱人彼方。我疲于我的属性。

形态在变窄，话语在变宽。
我正在溢出我的词汇量。
我看向镜子里的自己：
我是他吗？
我是否好好地完成了
自己在上个场景里的角色？
在这演出前，我已熟知剧本，
还是被迫演绎？
那个出演角色的人是我吗，
还是受害者
在剧作者偏离剧情后，
在演员与观众离席后，改变了证词，
只为在后现代活下去？

我坐在门后看着：
我是他吗？
这确是我的语言。这声音是我的血液被刺破。
只是剧作者另有他人⋯⋯
如果我前来却未抵达，我就不是我。
如果我发声却未说出，我就不是我。
模糊的字母告诫我：
写吧，为了存在！
读吧，为了发现！
你想说便说吧，
让你的对立在意义里合体⋯⋯
你透明的内里便是颂诗。

水手环绕着我，没有海港。

纤尘耗尽了我的措辞与表达。
刹那间，我没有时间去明确
我在两个方位间的方位……
我未能提出我的疑问：
出、入两扇大门怎会模棱两可……
我没有找到死亡去狩猎生命。
我没有找到声音呼喊：
飞逝的时光！你劫持了我，
致使我未能听见模糊字母的告诫：
现实乃是绝对的想象。

时间啊，你从不等待……
从不等待迟来的新生儿！
就让过去成为崭新，那是我们
对你的唯一记忆。那时的我们还是你的朋友，
不是你马车的牺牲品。就让过去
维持过去，不受引领，也不引领他人。

我看见了死者的记忆与遗忘……
他们数着腕表的时间却不再老去。
他们绝不会感知我们的死
与他们的生。没有事物
组成我的过去或未来。人称代词通通瓦解。
"他"在"我"里，也在"你"里。
不再有整体，不再有部分。
不再有生者对死人说：成为我吧！

元素与情感也在瓦解。

在那里，我看不见自己的躯体。
无法感知死的繁茂，或我的初次生命。
好像我出离了自体。我是谁？
我是已故，亦或初生？

时间为零。当死亡领我飞向迷雾，
我想到的不是诞生。
我非生非死，
那里没有虚无，亦无存在。
我的护士说道：你的状况好转了。
然后给我打了麻醉针：稍后
平静地
甘享你的梦境吧……

我看见我的法国医生
打开我的牢狱，
用棍棒打我，
协助他的还有两名市郊警察。

我看见父亲从朝觐归来，
在希贾兹①的烈日下
晕倒在地，
他对环绕他的一排天使乞求道：
快把我扑灭！

————————

①希贾兹：阿拉伯半岛地区，今沙特阿拉伯王国西部，内有麦加、
麦地那两大伊斯兰教圣地。

我看见摩洛哥青年
踢着球,
用石头扔我:啊,错过了坟墓的父亲!
快带着修辞回去,
留下我们的母亲!

我看见勒内·夏尔
与海德格尔同坐于
我的两米开外,
我看见他俩饮着红酒,
却没有在找寻诗歌……
他俩的对话是放射的光束,
短促的明日在等待。

我看见三个挚友在恸哭,
他们
在用金线
为我织一件殓衣。

我看见麦阿里①把批评者们
逐出他的诗歌:
我的盲眼
看不到你们的视界。
眼力是一道光芒,
通向虚无……或是癫狂。

---

①麦阿里:阿拉伯阿拔斯王朝时期著名盲诗人,诗作偏重理性,悲
观主义色彩浓厚,被称为"诗人哲学家"。

我看见一些国家
正用清晨的双手拥抱我：
请尽享面包的香气，
请适应人行道的花，
你母亲的炉灶依旧火烫，
见面礼如烤饼般灼热！

绿色的，我诗歌的大地绿意盎然。一条河足以
令我与蝴蝶耳语：哦，我的姐妹。一条河足以
诱惑古老的神话，乘上猎鹰的翅膀。
猎鹰更换了旗帜和远峰，
在那里，军队为我建起遗忘王国。
没有民族比它的诗歌更渺小。
但武器，为诗中的死者和生者
扩充了词意。字母磨亮了
悬于黎明腰间的剑戟。沙漠因歌声而缩退，
或扩张。

没有年岁，足够我用初始拴紧终结。
牧人们拿走我的故事，潜入废墟迷境的草丛里。
他们用号角和流传的韵文战胜遗忘，
在告别石上，他们将记忆的嘶哑传给我，
便一去不返……

我们的岁月是牧歌，部落与城邦间的牧歌。
我找不到一个夜晚，衬得上你镶着幻境的驼轿。
我对自己说：没了你，我需要名字做什么？

241

快呼唤我，我创造了你，你命名了我，
当你拥有了名字，便杀死了我……
你怎会杀死我？我，可对这夜晚完全陌生。
快让我进入你欲望的森林，拥抱我、搂紧我、
让纯净的喜蜜淌出蜂巢。
快用你双手拥有的风播撒我，再聚拢我。
异乡人啊，夜正为你献出它的精魂。
星辰无视我，直到它得知
我的家人将用青金石水杀死我。
所以，在我亲手打碎自己的陶罐后，
快让幸福的当下属于我。

——你是否对我说了什么，由此改变了我的路径？
——没有。我的生命彼时在体外，
我是那自言自语的人：
最后的悬诗从我的枣椰树落下，
我为诸多二元所困，
在自己体内漫游。
但生活正因她的混沌
因小小麻雀而值得……
我的出生不是为了知晓死亡，而是为了爱上
主的荫庇下所有的隐秘。
美把我带向美德，
我爱你这样的爱，从本体和本性解放的爱。
我是我的替代……

我是那自言自语的人：
极小的事物将诞生极大的思想。

节奏不来自词语，

而是来自两个躯体的合一，

而是来自一个漫漫长夜……

我是那自言自语、

放养记忆的人……你是我吗？

第三个我们，在我们间挥舞着"你俩勿要总把我遗忘"。

我们的死亡啊！请以我们的方式带我们到你跟前，

我们或将学会发光……

因为没有太阳和月亮把我照亮。

我留下影子挂在枸杞枝头

于是土地因我变轻，

我逃亡的灵魂带我飞翔。

我是那自言自语的人：

女孩啊，欲念对你做了什么？

风磨亮我们，携带我们，像携着秋日的气息。

我的女人啊，你在我的拐棍上愈发地成熟。

现在的你尽可相信天启，

踏上"大马士革之路"。我们余下的年华，

仅剩一位守护天使，和两只展翅的白鸽。

大地是节日……

埃尔南德斯诗选

[西班牙] 安东尼奥·埃尔南德斯 赵振江 译

【诗人简介】安东尼奥·埃尔南德斯 (Antonio Hernández Ramírez, 1943—)，出生在西班牙加的斯地区的阿尔科斯·德拉弗龙特拉 (Arcos de la Frontera)。从事诗歌、小说和散文创作，诗作被译成多种语言，并曾多次获奖。他是安达卢西亚文学批评家协会主席和西班牙作家协会常委。他的获奖作品中比较重要的有：《海是一个有钟声的傍晚》获阿多尼斯诗歌奖 (1964)、《三个受伤的我》获米格尔·埃尔南德斯诗歌奖 (1983)、《神圣的方式》获西班牙评论奖 (1994) 和海梅·吉尔·德·比埃德玛国际诗歌奖 (1994)、《冷血》获安达卢西亚小说奖、《整个世界》获拉菲尔·阿尔贝蒂诗歌奖 (2000)。2008 年获安达卢西亚诗歌终身成就奖。

瞬间

曾有一个清晰的彩色时刻，
空气长着翅膀，天上
充满贝克尔①迷人的云朵，
潺潺流水在泉中，
那里的光荣是爱情。
另一个时刻，书籍使理性光彩熠熠，
使人们理解前辈的梦想——
他们用毕生的精力
破解开天辟地以来的秘密。
又一个时刻，我们繁衍，
我们成了继承者，又永远被继承。
还有一个时刻，可能会有
他人的接受，认可，致敬……

一切，都只是一个无情的闪动。

沉思的众神

为了让我们重新相信他，上帝
不时地创造了尼采、
费尔南多·佩索阿、保罗·策兰。

---

①贝克尔 (1836—1870)，生于塞维利亚，西班牙著名浪漫主义诗人。

急忙给雕塑的胶泥
安装上肌肉、软骨和眼睛，
让他们诉说儿女私情，
让人类变得与他相似，
或在他身上看到我们的憧憬，
他给他们彩云，让我们飞奔。
但最终让他们变成了疯子，
好让他的邻居们互不相信。

孤独

> 唯一严肃的哲学问题
> 是自杀问题。
>
> ——阿尔贝特·加缪

一天，你需要人们握住你的手
并对你说：我爱你，但已经开始
算后账，开始对死亡、孤独、
黑暗的序幕进行总的排演。
无人去拯救你，人们只是
将你的伤痕与不幸陪伴；
严冬已来临
人间没有驱赶寒冷的温暖。
你有时会想起那幸福的时光
如同灵丹妙药，
但你知道，你清楚地知道，
结果像醉酒一样，

那是一个凶狠的回头浪。
（在这样的暴风雨中
伴随着罗姆酒、白兰地和威士忌
如同精神病药物的把戏：
在云中行走之后，
突然间，跌入地狱。）
孤独的时刻到了
为了学会永远孤独。
在这种情形下，只有
阿尔贝特·加缪①的处方
承诺纯净的效果。
但在自杀之前，
不要像道德家们那样
更具建设性地相信
孤独是对身体的禁食，
其实那是泻药，是心灵卓越的泻药。
它也可能成为
对生命行将结束之人的献礼：
最后坦诚的独白。
（独处之人期待有一天会与它相遇）。

算后账，总之，一月和二月相连。
如果你打开窗
并心潮起伏地观看风光，
冷汗便会轻轻地流淌。

---

①加缪（1913—1960），法国小说家、戏剧家、评论家。他反对悲
观绝望，反对以自杀了结人生。

暮年

生命就是惩罚，但如果
不能保护自己，受的苦会更多。
沉积在晚年的创伤
就是皱纹，就是疤痕。
终点到了，身体因思念和缺失
而逝去，而心脏里，
比血液更多的是怀念，
比跳动更多的是记忆。
最终只剩下尊严地
没有记忆地死去。
因为活在死者中间
靠的是回忆。

不再有青春的年龄

好：现在我有什么？
有钱，但是我不能
想吃就吃，想喝就喝。
面对四种慢性病
财富也没用。
一个不再有青春的年龄。
一个女人已经不靠爱我
而是靠爱过我来维持生命。
她给我穿衣，帮我吃饭，和我争吵

好像我还是昔日

生病前的那个男生。

昔日的男生什么也不能做

快六十岁了，当我什么也不是

也就不再是那个男生。

她，抑或她的影子，是我的一切。

影子和光明。马丽·光明①。

而两个儿子，我不知他们是否爱我，

至少像我爱他们那样

或像我爱自己那样，这或许是

我保留的唯一的完整。我对此从不否定。

在我独一无二的遗产上

又添加了这份坦诚：

心灵在头脑中，而不像从前，

像鸟在飞行。

精神任凭他人评论，

而不在激情

和已还债务的柔情中。

灵魂化作陵墓，化作纪念碑，

是我多少次的憧憬。

好了，现在我有什么？

作为号手的我？我富有吗……？

可我记得，我曾慷慨大方

但这并未让我失去爱。

如此的慷慨大方，就像任我们观赏的海洋。

---

① "她"的名字叫玛丽·鲁兹。西班牙语 luz 即光明的意思。

自省

面包送给想要的人，
因为已经不缺少面包。
我向他们抛去了
球类，玩具，
水果糖和口香糖。
我坐在王位上
徜徉在村镇的街巷
大人和孩子们向我鼓掌。
不久前
还是个没有前途的无名小卒，
一个穷鬼，一只黑绵羊。
现在已是朝拜圣婴的博士，
黄金的胡须长在脸上。
在诸多礼物中
我在自己光辉的彩车上
带着一条命中注定的自信，
我知道自己登上王位
是踏着别人的阶梯
而且只有很少的时间：
因为尤其是对我自己，有太多的背叛。
我是国王，可出于什么立场？
付出了什么代价，放弃了什么思想？

跨越了遥远的界限，
不仅一次
戴的是荆棘的王冠。

残酷的现时

当我说"没有"……
不是指我曾拥有的东西,
而是指它们曾与我擦肩而过,
是指那生命负责的承诺,
是指我的皮肤感受过
却浑然不觉的抚摸。
这我未亲过的吻。
我不曾有但也未过时的爱。
它像另一个身体的影子
至死都会陪伴着我。

妒忌,恶劣的情人

仇恨时,我得到了;一种
地狱的快乐但毕竟是快乐。
当我想要一个女人,我得到了,
未拥有她的肌体,但它却跳动在
我的梦幻。当我背叛
不该背叛的人,必须付出
声名狼藉的代价,但增加了金钱。
当我诬陷,是为了踩着
高人的肩膀升迁。
如此,如此,这般,这般。

当我用妒忌玷污自己的灵魂
无论它多么肮脏
也得不到任何报偿。

爱情，爱情，世上的灾难

爱情是敲过一秒以后的钟。
然后，亲吻沿着光明
扩展，在其中筑巢并通过光线
在空中投影，似乎已获永生。
她这样欺骗我们，尽管
那箭射中了我们的心灵。

花甲之年的堕落

早晨，起床后，
我打开窗，看着
如同一个承诺的蓝天。
（第一个失去我们的是希望）。
中午逛街去，看姑娘们
如花似玉的大腿
生命似乎在那里耗完。
（只有美不将我们欺骗）。
我没有好好地睡个午觉
而是读一本小说，一本轻松的书，

一本美丽的诗集，
为了吓唬一下死神。
（其实只为了将它遮掩）。
晚上和老婆争吵，像顽皮的孩子，
这表明我们都已步入老年。

从昨天到今天

那是去看她并憧憬
一座房屋，孩子们，
一个永远的地方，
一个词：永恒。
那地方总是如此：
大海充满激动的眼睛，
他和她的眼睛，
田野充满她的欢乐，
花儿朵朵
我们称之为不知所措。
面包和洋葱。
湖中，一座房屋，
旁边，平静的小河，
山坡上，景致不错。
反正一座茅舍
和一座宫殿，相差不多，
月光下，一座宫殿或一间茅舍。

已经过去了四十年。

我们还在将信贷偿还。

风烛残年

并不是因为头发越来越少。
也不是因为皮肤，像原来的影子，越来越糙。
同样不是因为眼睛，不再将他人照耀。
也不是因为力气，难以将息，
更不是因为疾病，
人们好心地称其为输液的器具。
而是因为荣誉化作了微小的斑点
在沾满皱纹的记忆中几乎已没有痕迹，
因为我已经有了价格，
因为从前没忘记过承诺。
因为我的血管中
流淌的是血液而不再是爱情。

洛尔娜·克罗齐诗选

[加拿大] 洛尔娜·克罗齐 阿九 译

[诗人简介] 洛尔娜·克罗齐 (Lorna Crozier, 1948—)
生于加拿大萨斯卡川省的激流城。现任维多利亚大学创作
系主任。首部诗集《天空深处》(*Inside the Sky*) 出版于
1976年。至今共出版14部诗集,其中《鹰的发明》(*Inventing
the Hawk*) 荣获1992年总督奖。此外还获得过加拿大作家
协会奖等荣誉。她在诗中深入探索了家庭关系、女性身份、
属灵生活、爱与性等主题,被称为加拿大诗歌的标志人物
之一。玛格丽特·劳伦斯曾称她为"值得我们感恩的那种
诗人"。而《加拿大书评》则称她为"英语世界最具原创
性的现役诗人"。2009年入选加拿大皇家学院,作品被
译成多种语言。

故乡的先知

竖起后腿站着的那只田鼠
在神圣感和惊恐中全身绷紧。
体型很小，没有胡须，
一石头就能砸死或掉到水里淹死，
要么在田里放火烧秸秆时给活活烧死，
或者一条尾巴换一分钱做孩子们手下的烈士。

你怎么能不信
一只会头朝下钻进黑暗里的
动物？钻进它身下把它一直往下拉的
重力的吸引里，
那需要多大的信心！

我带着问题去找它
因为我爱它的耳朵，那么完美地
长在那儿，在它的头上多么伏贴。
它们能听见内外两个
世界：雨在地底下
说了什么。还有石头
对麻雀踝骨的赞扬。

这小小的地獭，小小的浑身是灰的拉撒路，
自灭，自生。它不会告诉我们
它看到了什么。

野鹅

又见野鹅飞来
沿着一样的旅程，
多少世纪以来它们一直遵守。

这让人欣慰，
尽管它们不是我母亲
年轻的时候
听见的那一群。

也许我第一次听见它们
是在她的体内，
当她看它们的翅膀
制造了一次月蚀，它们的叫声
是第一种声音——有别于
子宫内的那种
柔和而水生的耳语。

而我的忧伤就是她的忧伤，
跨越了多少世代
就像距离和方向
还有对
筑巢之地的向往。

有血有肉

掩藏在树中，不是有意的，
只是想一个人呆着，我看见一个男人
在不远处驾着石船①
开进一个地洞，上面载着一个很沉的
东西，有成年的猪那么大，
老远一闪而过。那东西看上去像是
一只没有毛皮的动物。
他离开时也没有看见我，而我一直在想
为什么我会这么心安。有什么好怕的。
那时已是十点钟光景。我能听见邻近农场上
拖拉机的声音，一只喜鹊在叫，
干草上的风声。我的一半
想走下山去，远远地看一眼
那究竟是什么东西。
我的另一半则留在树荫里，
看喜鹊从树枝上飞下来，
惊起了一大群苍蝇，
在空中把那个东西的形状烘托出来。

写给大地的诗行

长长的一队蚂蚁
沿着沙地移动，多得

---

①石船 (stoneboat) 是一种用来运石头的平地雪橇。

能刻出一根迹线。多得
即便你踩到其中的一只，那根线
也不会断掉。那是时间
在追索它自己的踪迹。那是单一个
巨大的灵魂在向前移动。

一只接一只蚂蚁，每只都背着
一个小蛋，一个圆圆的白色的音节。
在某个地方，它们会
串在一起。那是它们正在拼写的
地下的某个地方。

阴茎鸟

有一个印第安故事
说的是一个男孩渴望得到
一个他无法娶到的女孩。她睡在
纯洁之中，被一群
兄弟姐妹包围，
她的父母就在一臂之遥。

男孩的阴茎变成一只鸟，
穿过烟囱
径直飞到女孩那里
就像她的大腿上
粘满了面包屑和莓子酱一样。

我喜欢这个故事，那只长着翅膀的阴茎
起码比一只天鹅更加可信。
而这边，那女孩也想要，
并从抚弄这只
不知从哪里飞来的
会唱甜蜜的歌儿
并在她的大腿之间筑巢的
奇怪的鸟儿
的动作里得到快乐，

而家里人的呼吸声
紧紧地包围着她
温暖着她赤裸的肌肤。

我总喜欢想像那只阴茎鸟
怎样飞回到他的身上，
它已经被折磨得有点邋遢
像一只破烂的乌鸦
不少毛已经掉了，
也许是过分地
享受了某一次飞翔，
而那个男孩一直在焦急地
看着天上。

虎天使

麦子在风中生起涟漪

262

像一只大虎
皮肤下的肌肉。

田野从来没有
这样美丽，这样危险。
麦子的胡须来回飘洒，
即便是静风时分。

在漫长的燥热里，一切都在等待
一阵雨瞪羚脚般的触摸。

等待一个信号

当我遇见你，我就像是
住在海边的一座房子里。
海浪在朝窗户上洒水，
拍打着木质门梯。
但我打开了门
一匹白马站在那里。
它进来走过每一个房间，
它的头微微摇动，
它的蹄子在地板上
留下半月形的足迹。

你想做什么就去做什么。这是
我做过的最自然的事情，
开门、站到一边
让一匹马进来。

不是因为他是你。他只是
一匹马，而不是别的，
它只是那一类温驯的动物，会拉车
或者从岸边拖走海藻，
踝上有毛，大大的脚掌有木盘那么宽。

他不是你，
但这没有关系。他看着我，
我们彼此已经相识。那一夜
我想活着。我想
住在一座房子里，那扇门
在海一样平滑的铰链上转动开合，
而一匹白马站在那里，
等待一个信号。
进来吧，我说。

事情就那样开始了，
那匹马，那灯光，还有带电的空气。
不知从何处，你向我走来，
我生命的那扇门打开了，
大海，这大海还有他无人驾驭的马
在等着进来。

暴风雪

钻进母亲的那件麝鼠大衣，我们走进风里；
她的腕骨已将袖口的绒毛磨尽。

只要一停下脚步，我们就会立刻消失。一马平川，
也没有亮着窗户的房屋。只有风，还有我们体内的

声响。等我们到家的时候，父亲
也许在，也许不在。从来没有谁来找过我们。

我真想躺下，就在那儿静静地躺着，周围只有雪
在下。沉默倒不是因为孤单，只是冷

不说话①。母亲用力拉着我，不肯松手。但后来
连她也停下来，给自己找了个小窝。在星星做成的

屋顶下，我们并不知道，有没有人听得懂
我们说了些什么，在离家这么远的地方。

雪的祈祷

雪教人遗忘，告诉你什么叫沉重，
它也是盘旋到思维尽头的一个松散的句子。
它向身穿白袍的年轻的神祷告，当他像一场
雪暴升到天上。它向长了白爪子的
老鼠、雪色的猫头鹰、换了外衣的野兔和田鼠
还有趾间长毛的猫细语。它填平了

---

①作者在解析此处时说，这里的"冷"被拟人化了。冷就是沉默本身。

大旱与丰年、信仰与亵渎、
耳朵与沉默间的鸿沟。它像一群无目无足的鸟
迁徙而来，挺胸展翼落在洁白的枝间。当你走过
雪地，无论是梦里梦外，你都是星际的旅行者。
它在你的长靴轻轻的步履间祈祷。

夜深了

风把田野的被单揭开。
凡是需要睡下的，都在那里睡下。
凡是该休息的也都已经歇息。

门从月亮上掉下来，
带着把手和铰链，漂在沼泽地里。

此时的月亮是这样通透，
不管是什么都能从正面穿过去。

只有狐狸在四下行走。
它一会儿是只猫，一会儿又像是郊狼。

光线足够用来看清身边的事情，
可是嘴巴却躺在黑暗里。
凡是需要睡下的，都在那里睡下。
凡是该休息的也都已经歇息。

在我的心外，风还在盘算着。

总像是有什么心事
一定要合计出来。

戈壁沙尘

来自戈壁的沙尘吹过萨斯卡川，
对眼睛构成了刺激。那些科学家都这么说：
他们能把最小的花粉从飞沙中分离出来，
鉴定其来源和名目。你不禁会想，
这旷野的沙尘究竟会飞到何处：津巴布韦，斐济，
伊斯坦布尔某家清真寺门口堆着的一排鞋子上，
或是吴哥窟玉器博物馆的某个肚腹那玉色的隆起？
我们的呼吸，不必再梳的一头白发，还有深影边
　　磨蚀的线条呢？
此时，有个女人泪水中的盐分将一个看不见的吻
　　轻轻放在了
我的上唇。她一直在巴黎的一条意思是"正午"的
　　大街上哭泣，
尽管那里其实还是夜晚，而她也不想让白天来临。
要是她知道，在世界的另一边还有另一个女子尝到
　　她的苦涩，是否会感到安慰？
如果可以的话，那另一个她会给她捎来几朵珍奇的
　　雪花，
在太阳升起前落在这里，稍稍掩盖一下这太过干涸而
难为麦田的荒野，在冬天即将离去的时候。雪花留
　　在她的睫毛上。
而那些苹果花是不是我父亲的骨灰，一片片飘走

而无法握住的心碎？要是知道风从不空空吹去，
是否能让此心得慰？阿尔罕布拉宫墙上阿拉伯绘饰
　里的一只麻雀
乘着从厨房溅出的一片笑语飞走了，其中的蒜香
让它所沉落的每一粒尘土都带着迷人的滋味。

冬天的桦树林

即便是泥土也要休息。
冰冻八尺，它再也不会
带走更多的死者。只有少数
等不到春天来临的
被装进雪橇里，拖到
城北的桦树林中。

那里，他们变得那样白，那样
鬼气十足。有时，
他们会借着月光向你走来，
双臂张开或者向上伸展，
嘴巴里塞满白雪。

如果遇到这样的事，你最好
继续行走。假装
你根本没有看见他们，
你自己的脸也一样冰凉。
反正那是冬天，又是夜里。

如果你听见有人叫你的名字，
千万不要回头。要想着水
在冰下流动，或者一朵红花正在开放。
你还可以对自己说，那不过是些桦树，
仅仅是几棵树而已。绝对不要细想
还有什么别的意思。

以后

我是我自己的一条狗。
说"走，"我就走到门边，
"吃，"我就拿走扔给自己的饭食，
"躺下，"我就蜷曲在地板上，
沉重的头搁在爪子中间。

除了这个，我什么也不需要，
我不会去想以后的事情。

我像一条狗一样歌唱，
像一条狗一样流泪。
每天夜里，我是
横躺在自己腿边的一场大梦，
带着自己身上的秽气。

谢达科娃《古老的歌》选译

[俄] 奥莉嘉·谢达科娃 谷羽 译

【诗人简介】奥莉嘉·谢达科娃 (Ольга Седакова)，1949 年出生于莫斯科，毕业于莫斯科大学语文系，后攻读斯拉夫和巴尔干学学院研究生学位，获毕业证书，语文学副博士，现在莫斯科大学哲学系任教。出版了 6 部诗集和两卷本诗文集。曾获安德列·别雷奖、巴黎俄罗斯诗人奖、欧洲诗歌奖、亚历山大·索尔仁尼琴文学奖 (2003)、意大利但丁国际诗歌奖 (2013)。诗作有英、法、德、意、汉、丹麦等外语译本。《古老的歌》是 3 组共 40 首的独立作品，怀念诗人的祖母，深受宗教思想影响，体现了博大的人类关怀精神。

安慰

且勿猜测自己的死亡，
也别为逝去的一切欢欣，
切勿推想怎样为你痛哭，
迟到的愧疚让子女痛心。

这些都是不合格的安慰，
对泥土说来是屈辱的戏弄。

最好是说出口并且设想：
青青的山上什么东西发白？①

青青的山上花园喧响，
花园一直延续到水滨。
小羊羔儿戴着小金铃铛，
青青的山上有雪白羔羊。

勿需约请，死亡自会来临。

请求

可怜的人啊，可怜的人！
他们并不凶恶，倒是匆忙：
有面包吃——却常常挨饿，

---

① 此句为亚·谢·普希金诗句。

272

他们喝酒——喝了酒清醒。

假如有什么人来问我，
我倒愿意说：上帝啊，
请把我变成个新人吧！

我热爱伟大的奇迹，
不喜欢晦气的灾祸。

变化吧，像有棱角的宝石，
从戒指上失落
掉在沙土的荒漠。

让它静静地呆在那里，
既不深埋，也不外露，
像到处隐藏的秘密。

无论什么人都看不见它，
只在内心闪光，外部闪亮。

光彩闪烁，就像孩子，
小小孩童和家养的宠物。

词语

谁有爱心，他就被人爱戴。
谁为人效劳，有人为他效力——

并非现在，是日后某个时候。

但胜过气质高贵的人，
不带拉结①，快乐地效力，
沿着绿色的丘陵行走。

你呀，词语，国王的衣裳，
忍耐的期限可长，可短，
高过天空，欢乐胜似太阳。

我们的眼睛看不见
你的有亲和力的颜色，
你宽阔的皱褶簌簌响，
人的耳朵却听不见，

只有心儿对自己诉说：
"你是自由的，将来自由，
在奴隶面前却哑然沉默。"

勇气与善心

太阳照好人也照歹人，
任何地方土地都不坏：
你随便向东或向西走，

---

① 此拉结，据《圣经》记载，为雅各的妻子，她跟姐姐利亚一起嫁给雅各为妻。

或照别人的指点远行，
要是愿意，就呆在家里。

勇气能驾驭条条航船
穿越辽阔的茫茫大海。
善心能够安抚理智，
守旧的头脑值得珍惜。

有勇气的人心地善良，
勇气和善心形同姐妹：
有勇气做什么都轻松，
有善心做什么都欣喜。

长途跋涉的歌

有两个被俘的俄国炮兵被押送到法国，
他们的衣服满是尘土，法国尘埃很多。
这岂非咄咄怪事？生命忽然间像灰尘飘落，
像阿拉伯荒漠的沙，像斯摩凌斯克路边的雪。
迢迢远方看不清楚，只看见天空更加寥廓。
上帝啊，对你的奴仆有何期待，你想做什么？

在我们所有欲望的上空，高悬着一条皮鞭。
我的眼睛想回避。但听见吩咐：一定要看。
好吧。顺从而愚昧的大地什么怪事不会发生？
谁又能预料高空中的彗星何时带来烈焰熊熊？
站起来，苦难的兄弟！是战士就不匍匐在地。

临死前为忠诚干杯：死后谈不上忠诚与背弃。

摇篮曲

在山上，在云杉林里，
在又高又细的树梢上，
悬挂着一个摇篮。

风吹得摇篮来回摇晃。
摇篮旁边有只鸟笼，
挂在有窟窿的云杉树上。

鸟笼里有只聪明的小鸟
像蜡烛一样燃烧、闪亮。
小鸟说："睡吧，宝贝儿，

想什么人醒了就做什么人：
想穷就穷，想富就富，
想成为海浪就变成海浪，
如果愿意就做上帝的天使。"

珠串

奶奶天蓝色的戒指，
曾祖父留下的书籍——
或许我会奉献出去。

276

而献出那琉璃珠串
实在让我觉得惋惜。

普通珠子，五颜六色，
像花园和花园里的孔雀，
它们的心来自星星或鳞片，
也许来自湖泊，湖中有鱼：

或黑或红，色彩变幻，
忽而闪现出淡淡的绿色——
那花园永远不再归来，
再说它没有回来的理由。

我不喜欢穷人和财主，
不爱这一个和其他国家，
不爱白天和一年四季——
而爱神秘莫测的喜悦，
扑朔迷离并受到责难。
它是无价之宝不可言传。

幻觉

我瞅着你看见的却不是你：
是穿着别人衣服的老父亲。
他已经难以站立、行走，
却仍然在催促、教训……

主啊，我的上帝，心想，
大概我将不久于人世——
为什么心生诸多怜悯？

可怜野兽——始终是野兽，
可怜水——终究会流走，
可怜恶人——结局悲惨，
可怜自己——疯癫狂妄。

结语

每个渺小忧伤的东西，
即便是树干上的洞孔，
必隐藏着戒指或铭文。

每个词都包含一条路，
伤心的路或康庄大道。

什么人敢说可以生存，
相信他不会为此流泪，
他心里必定另有希望。

不识希望者总不认识它。
认出希望者，必定惊奇，
心里再次绽露出微笑，
不由得赞美上帝的仁慈。

怀念祖母达丽娅·谢苗诺夫娜·谢达科娃

1

"走吧，走吧，我的宝贝儿，
我带你去咱们家的花园，
我们去看看世上的变化！

小鸽子，你要给我帮把手，
去把我那根老拐杖拿过来。
走吧，不然夏天快过去啦。

就算我进了坟墓，别害怕，——
人生在世什么都会忘记！
从花园里看得见那条小河，
小河里看得清每条小鱼。"

2

"不晓得我这是怎么回事，
我点燃的蜡烛烛光昏暗，
明灭不定，像患病的眼睛，
莫非失眠的双眼已经浑浊？

想起很多往事，忘的事更多。
不愿意忘记，也想不起来。
哎，我对世人有很多观察，
因此知道很多事荒唐怪诞：

我知道，心——就像婴儿，
长不大的婴儿至最后一刻，

所有人所有的事，它都信，
它睡眠在行凶罪犯的巢穴。"

3
　"女人的命运——像纺车，
像古老墓碑上的铭文，
像没有故事的漫长冬夜。
生来是孤儿，老了守寡，
以后自己都厌恶自个儿。

天空中垂下来一条金线，
垂下来，却够不到地面。
心坎儿为什么这么难过？
从辽阔海洋的最深处，
游出来一条奇妙的小鱼，
小鱼衔着一枚珍珠戒指，
可惜它难以游到海岸。
为什么胸膛里刮起风暴？

想喊叫——却喊不出声音，
美丽的大地啊，多么可怜！"

4
　"什么人出生在黑色星期一，
他就别指望会有好运气：

假如你能躲过那颗灾星，
逃过一劫，算好的结局。

我就出生在黑色星期一，
在圣诞节和主显节之间，
正赶上老年间天寒地冻，
像熊踩高跷样子笨拙：
"谁在那里煮我的肉，"
熊说，"谁用我的毛纺线？"
小小的星星不停地眨眼，
一个比一个光线更微弱。

我梦见，我受到宠爱，
我要什么谁都不会拒绝，
用黄金梳子梳理发辫，
乘坐银子打造的雪橇，

有人给我读神秘的书籍，
书里的词句我已经忘却。"

5
奶奶像从深井里仰望，
像从遥远的星星眺望，
每件东西都有她的目光：

"我们什么都不懂，不懂。
看到的事情，我们不能说。
我们行走，像两个乞丐，

无人施舍，也要说谢谢。

别人的事我们都不知情。"

6
真盼望世上有能工巧匠，
在被炸毁的钟楼废墟上，
在保存下来的水井旁边，
再重新建造一座钟楼……

我一直有这样的心愿，
愿为你缝制一件披风：
或献给显圣的尼古拉①，
或者你愿意给谁都行……

盼望天使跟我说句话，
像夜晚的星星那样迷人，
听着亲切，增长智慧，
人们全都会重复这句话，
都能了解你的希望所在……

谢世的人不需要什么东西，
不要房子、衣服，不要传闻。
他们并不要求我们做什么。
只希望世上的一切能保存。

---

①圣尼古拉（约 270—约 345），基督教圣徒，被尊为航海者、商人和儿童的保护神。

7

道路漫长，一路风尘仆仆
我跋涉行走，内心忧伤——
你知道，人们该多么痛苦？
当石头漂流，像鱼一样，
那时候我会说，人生和宽恕
将拷问我的灵魂。

石头自己漂流，像船，
很轻，伴随路上的风，
扬起了金色的风帆，
吹动了荨麻多彩的翅膀，
金色的船桨频频闪动，
在遥远而喧嚣的海洋。

曾经有的，都将消失。
未来有的，美好无比。

8

你燃烧吧，无形的火焰，
我再不需要别的东西。
其他的东西都被剥夺。
不是剥夺，是善意地请求。
不是请求，是我自己舍弃，
原因是觉得无聊又恐惧。

像一颗星望着牲口槽，

又像密林里小小的看守，
戴着乌黑的锁链摇晃，
你燃烧吧，无形的火焰，

你是灯，眼泪是灯油，
是残忍的心生出的疑惑，
是亡故者残留下的微笑。

你燃烧吧，请传达信息
给救世主，给天庭的上帝，
说人间还有人记着他，
并非所有的人都已忘记。

9（祈祷）
主啊，温暖你所怜悯的人吧——
保佑孤儿、病人、遭遇火灾的人。

人无力完成的事，你来实现，
吩咐人来做的，你都完成吧。

主啊，饶恕那些亡灵，亡灵——
让他们的罪孽秸杆一般毁灭，
在烈焰中焚毁，无论在坟墓，
还是在天空，都不留痕迹。

主啊，你是奇迹和约言的主宰，
除了奇迹，让其余的悉数烧毁。

肖恩·奥布莱恩诗选

[英] 肖恩·奥布莱恩 梁俪真 译

[诗人简介] 肖恩·奥布莱恩 (Sean O' Brien, 1952—)，英国诗人，批评家，戏剧作家。曾在剑桥大学塞尔温学院受教育。自 1983 年出版诗集《室内的公园》以来，已出版 12 部诗集、2 部小说集、2 部散文集、2 部戏剧、2 部翻译作品等。曾获格雷戈里奖 (1979)、毛姆文学奖 (1984)、乔蒙德利奖 (1988)、前进诗歌奖 (2001、2007) 和 T.S. 艾略特奖 (2007)。其诗集《沉湮之书》(2007) 独得前进和艾略特两项大奖，在英国诗歌史上只有两位诗人获得过此一殊荣。先后在谢菲尔德哈莱姆大学和纽卡斯尔大学等地任诗歌教授、创造性写作教授。

关于雪的随笔

我们以前曾来过这里，但不经常，
蓝雪伏卧在渐变着暗影的屋顶上
离它们更远的城市
袒露，平铺好几英里，那儿空廊无人——

无人踩踏的公园和冰冻的地下通道，
不知名的雕像，铺鹅卵石的窄街
如同发暗的冰流。
某个地方有一只鸟。它的嗓音

像是在凿一根冰柱，
润湿了音符，然后再试。
我们永远生活在错误的地方，
但现在我们能明白我们的所指。

房屋后蓝色的雪影，
被遗弃的租用园地，小棚屋，
柳草的残落，冰内部
鸟的单音符桑巴舞。

小阳春

> 这些烙铁安慰人，合理的禁忌
> ——约翰·阿什伯利

看这台阶上结霜的红玫瑰

它们弯伏在白色汁液之上。请摘下它。但留给我
它的芬芳，它头脑中的冰，来记住你。
午后酒客们的女友们（哦犯罪的阶级，他们用化妆
品涂抹出古铜肤色的少女）
已锁上了他们的背心和短裤——
作为现实的女孩，她们很快就弄清楚
我所挣扎的已接近终了，我眼里进了砂——
当热量在四点钟散去，那座
小便宫殿花园变得昏暗和有风。这重现的光景。
现在工程师露面来维修采暖
从他厚夹克风帽喀戎星一样寒冷的深处
他说：我看见你的钟还是坏的。
这黑暗的房屋是一口规律的棺材；早已阖上。
但如果钟表必须永远走回到
与冥王星同时，请留给我你的语音，
它葡萄牙语和西班牙语交汇的流言，
像一枚嵌在耳中的回音里的贝壳，从
它缠绕的水中升起，你自己至高无上的克里奥尔语。
"平庸广场"的高原成了一处多风的海滨，
它属于一座只有一个岸的海洋，如果我命定要在这
里度过冬天，在
咆哮的阳光也不能温暖我的地方等待，
让我说你的语言，至少——
因为你的语言是黑豹吟啸挽歌的音乐，
而退缩到布赖登，你的语言就是
午夜蜘蛛银色的脚本，
你的日记是丑闻的游乐场
从那里 不到一瞬间闪现的乳沟或小腿

是我将拥有的支撑我的全部。你的语言
是我想要搬演的作品和时代：
你躺在草坪的床上，被涂成金黄，
你脊骨的尾部赤裸着在呼吸，
现在我也许要封存我浮华的许诺
来吻你　直到你和你的名字活过来，如果有一次
你能看着我——现在就看吧——直接
看到眼睛里，不要微笑或摇头。

河上的道路

来　沿着河上的道路前来漫步，
哪怕你已死去多年
水分开让我们通行
就像当年我们在夏夜外出散步
那时我们还是孩子
我们认为彼此是恋人。
河上的道路通向它的尽头——
石头与苍白的水，灯船的钟声
和我们从未注目过的距离。
时光远逝
河上的道路追随着它。
没有边界会记住我们
对于来生，只有初始的，初始的，
宽阔，深暗的水在述说中形成，
而河上的道路现在正载着我们。

关于詹姆斯·赖特主题的幻想曲

仍然有矿工
在西部荒原和帕默斯维尔的
地下河流里。

有忽明忽暗的矿灯紧缚在根部
煤再次从那里形成。
在滞怠的煤层之间

他们缓慢地向更深处沉陷
沉向世界之床的黑色淤积。
在他们的坟墓里　矿工们仍在劳作——

漱出粉尘，井然有序地下降，
他们镶缀着饰带的黑旗帜高扬在空中，
下降到渗漏和沼气里，再一次

到那里去继承巨大房产的微小走廊，
在走廊地面铺贴赫德利的印刷品《归家》。
我们几乎没听说过他们。

关于失效的经济，
大洋底的爆炸，有模糊的报道，
一劳永逸地　铁门砰地一声打上封印

在祈祷和哀悼之上，
在实用主义和漫长的溺刑之上
这溺刑被施加给一个梦到它自己

至少将因贫困而不朽的阶级。
土地深处死者的歌唱
就像巨大石块的摩擦，或者像水

涌进新敞开的黑暗。哦我的兄弟们，
活着的人将永不能说服他们
要紧的是别的，历史已经终结。

蓝夜

蓝夜。广大的北极气流。猎户座的束带。
与地球旋转同步的卫星。
众鸟隐入阴翳，或悉数飞离。
世界是北方，无情地向周遭
转过它"北方的脸"。
如海王星般深远，如月一般局部。
起初是秋的降临，然后是隐喻。
之后，没有其他岛屿。没有天赐的救恩。
因为这已"真的就是彼处"。
故此。故此。不要软弱。
它们没有时间留给怜悯或信仰。
众天，有它技巧的胜利。

暴风雪

雪会将世界带入室内，降雪
拯救了墨西哥湾流与格陵兰大陆架。
地图与日历的白色废除主义者，
它四旬斋般的严苛铺垫如一种罪，它意味着
在唯一的季节，雪总是兀自坠落。
纯粹的冷，结束所有的类比，
证实它从不需要表达的，
再一次召唤我们回家，在一次受风的吹积之下
它的轮廓与大地撞击——
再无冗余，再无假定。

看这些阁楼的窗台，看壁炉里——
大片的灰白色之上是层层叠覆的白，
一场无情的圣餐礼上的薄饼
将一块木柴转化成圣母俄罗斯
将夜晚转变为来世，再转变为一条雪盲的街道。
有着白内障的美人鱼，胸部为白雪点缀
她们身着大胆的内衣
在广场的喷泉旁勇敢地等待。
绿色的姑娘们，她们以为
向虚空的空气提供理想
是她们的命运。

请原谅我不理解
你们是真实的，不仅只是艺术。

你们的忠诚就是勇气，请原谅我没有
向你们表达敬意，承认你们的痛苦，
没有抓住那曾经坠落但再不会降落的雪。
如今一个事实变得清晰：世界不是一个场所
而是一个场合，首先关于罪，其后关于愿望
关于如此这般的自我认知可能将令人满足的愿望，
雪仍在落，直到我们理解
不会有惩罚，也不会有救恩。

公民们

我们更换河流的名字，使它成为我们的。
我们用墙将城市隔开，称它作命运。
我们节俭地使用我们灰烬的财产，
因为我们不会让渡我们的拥有，而这
就是历史的意味。
我们彼此没有爱，只是
力所能及地去理解那被战胜的。
——与此同时你已消失
如烟横穿一片冻结的田野。

什么语言？你没有语言。
用一根骨头搅拌骨汤，我们自
颅骨之杯里啜吸。这就是文化。
我们一心想做的就是永远活下去，
终结时我们让你在正午广场的阿波罗之光里
向我们的众神弯腰鞠躬

在我们用船将你运送给熔炉之前
在我们将你像盐一样撒入田野
好让那里除了死亡寸草不生之前。

我们害怕世界尽头蓝色大气的原野
会是我们要面对的唯一法庭。
我们害怕当我们独自到达大门前
既无词语也无行为
可以应对。因此，我们说，让我们
不要谈起谋杀，而去谈论牺牲，
在牺牲中我们理解义务，
在义务中理解爱，
爱的名字，在我们的语言中，意味着死亡。

拿邦

火车的声音是狭窄的街道上
风的声音，是无名之地，是一列
无人踏入的列车，尽管我看见它摇晃的通道
正一秒一秒校准太阳的逃逸
于是我在雨水浇洒玻璃的时候醒来，
在我一直做梦的，静止和潮湿的街上醒来，
那声音刚刚在眼下
也因此彻底地离开这街道，这就是为什么
至少我仍在听，直到
沉默也耗尽它自己，直到再一次
风在雨檐和钟楼里歌唱。

我知道，当我们躺下纹丝不动
你也在听，你并不害怕
如果很明显我们将不得不永远活在
这种完美的无知状态里，并从这
将又一次在心破碎的同时提升心灵的熟悉的状况中
再生。靠近过来。
没有地图可以描绘这些距离，当声音——
列车，瓦片和阁楼间的一阵狂风——
在它逐渐消隐时无偿献出我们，当风
隐入它自己，当列车隐入它的时刻表——一列快车
权威地想象着北方，为那些
渴望离开或有勇气留下或从未想过去其他地方的人
　　们。靠近过来。
如果这样去感觉
还有什么事情与我们有关？当好像既被
授予荣誉又被发来传票，当不得不
将我们注意力的证辞，给予那
很可能仅仅是风的声音，直到它们全部消失，
还有什么事情与我们有关？

听觉学

我听见一架电梯在新奥尔良冒汗，
迦太基地底深处的贮水池里
水在黑色之上折叠黑，
兰开夏郡未经压裂开采的石油
以及你正在思考的。这就是真相——

你沉默地数到十，自制地屏住呼吸，
所有未曾说出的语言，或
所有无法说出的语言，书页之暗面。
但这并非关于你。我能听见
海水从本州岛退回，
数艘渔船泊在隐蔽的坞，令人生畏的"无噪音车厢"
　　里的多语症，
股市指数上偶然印记的
火焰风暴，牛市，熊市，
一只手的轻拍声和雨水的挫败，
干涸的星星们的噼啪爆裂声，
星星被分娩，反常和非此即彼，
一个未被录制的元音里有关创造的声道，
那最新的却可能是最后的事物，
那如其所是的前沿或者并不存在。
"矛盾覆盖了如此大的范围。"
我被告知，
让爱的哭泣和怒嗥相抵消，
戴上助听器，在我的年纪行动，
从世界的后面倾听这个世界，
并且不去渴求失忆——
这一切都将要变得较为容易。

赫罗洛娃诗选

[俄罗斯] 伊琳娜·赫罗洛娃 晴朗李寒 译

【诗人简介】伊琳娜·赫罗洛娃（Ирина ХРОЛОВА，1956—2003）。俄罗斯女诗人。曾就读于莫斯科高尔基文学院。作品发表于《青春》《又及》等杂志，《特维尔林荫大道》《温暖的宿营地》等文丛，入选《20世纪俄罗斯诗选》（1999年，奥尔玛－新闻出版社）。1996年，莫斯科"罗伊"出版社出版了她的第一部诗集《如果你可以——那就复活吧》。她的创作得到了诗人阿赫玛杜林娜、卡扎科娃和杰明切夫的极高评价。2004年，友人集资编辑出版了她的第二本诗选集《我活着》。2011年，在特维尔出版儿童诗集《小毛球和他的朋友们》。

没什么可顾虑的。不是反正都一样嘛……

没什么可顾虑的。不是反正都一样嘛，
我们都不得不面对死亡——
按他人的意志，或个人的意愿。
反正要把这根线纺一纺。

线连着线——纺成了绳索。
可是，与往日习惯的事物告别，
你突然想到：自己会变得鼓鼓囊囊，蓝色，可怕，
非常不舒服。

可你会思考——你会唾弃，并把酒一饮而尽。
心灵立刻焕然一新——
你会用手指在桌上敲出细碎急促的
声音。你会解开脖子处

粗硬的衬衫领口。
你会最后一次打开无线电收听。
你会听到这样的消息，
生活——已不是那么过于可怕。

去可怜别人吧——那些生者和真正的人……

去可怜别人吧——那些生者和真正的人。

而我——用自己的失眠救治自己。
你的眼睛，深渊一般，充满诱惑，
我不害怕，就是说——我不会丧失理智。

我是幽灵，我是深夜的鬼魂，
我是黑暗的小小孙女。
寂静与星光主宰了我，
我的耳朵聆听着它们……可你，可你

去可怜别人吧：即便在光明的正午
他们也感觉光照不足。而深夜——令他们恐惧……
有一天不守规矩的彗星会用光芒
击溃他们的灵魂。

当已经实在无力呼吸……

当已经实在无力呼吸
记忆也像花园般，叶子散落一地，
在幽暗荒僻的寂静中
错乱的眼神斜视。

一颗心，梦游般，走到房檐上，
走进深夜，什么也看不到，
月光自上飞泻而下，
所有的锋刃都被吸入其中，——

我不担心自己的疯狂：

它比维苏威火山要仁慈和善良得多，
它在命运中燃烧，
燃烧得越发明亮，越发旺盛。

落雪时忧伤的妄想……

落雪时忧伤的妄想。
还有内心安静的喜悦……
我还在生病……但不需要，
已经不需要思考这些。

你会穿过街道向我呼唤，
不——是穿过命运——径直走来。
你童年的呼唤
变得越来越远，越亲切，越珍贵。

世界上的任何珍宝——
我多想全部奉献给你，
只为了你呼唤我这句大声地 "伊—拉！"
在冰雪的命运中闪耀。

但你的呼唤声会被风雪吹走……
我和你要赶紧奔向那里，
那里可以与天空对话，
——甚至在隐蔽的内心。

七月开始行使自己的权力……

七月开始行使自己的权力。
野草俯身于大地——
以自己的整个身体，以它全部多余的部分。

它要睡到晚霞满天，
趁着那些割草人
还没有准备好试验镰刀的锋刃。

熊蜂放慢了飞翔的速度——
显而易见，是大地
把它引诱到那些花草之上。

快些，甜蜜的灵魂：
这是为你备好的鲜粥，
我们要把你派遣到这里。

让我们一起潜入草丛中
我们在那里会真实地看到
大地，芸芸众生和生命力，

她，散发着牛奶的芬芳，
如此简单而轻松地
决定了自己与我们的命运。

太阳缓缓地……

太阳缓缓地
熄灭了。霞光
一片明黄，如同油脂，
徒然地流淌，
半个天空被涂遍了，
让心灵感到不安……
一个小小的孩子
拿着一块面包走过。
夕阳照到
他的面颊上，
小手里的面包块儿
也被镀上了一层金黄。

牧人的短笛响起来，
畜群回家了……
请你等一等，听一听，
我愚笨的孩子啊，
像牧人戏弄着
永恒的霞光
走在通往天堂的路上……
我说，赶快回家吧。

这是第几次了，我对自己反复说……

这是第几次了，我对自己反复说，

302

如果我什么时候忘记了
亲爱的人，——说明我正永远失去
自我——我永远不许自己这样做。
但是我会慢慢地、忠实地忘记。
几乎没有疼痛，没有责难。
谁是第一个？我记不清，谁是第一个。
而只记得一个安静的秋日
和一枚苹果。
那些我曾爱过的人，
无法计算。
记忆使那个秋日
再次浮现——让所有我爱过的人复活，
却剥夺了他们的名字和相貌。
留下来的只有：星期天，
那些我说过的话，我谨慎的笑声
还有那个宁静温暖明亮的秋日，
仿佛一枚苹果，
被分给众人。

我该拿你怎么办……

我该拿你怎么办？——我不知道。——请试着回答，
我该拿自己怎么办，如果心不想变硬，
化为某种耐热的合金？

我徘徊在城市烟雾弥漫、令人窒息的街头。
我徘徊在秋天……上帝，在十字路口

钢铁与坚硬的手臂之下，我要去哪里？

这座城市准备建造起自己的科洛西姆斗兽场。
这个秋天被废弃的场地和朋友们的讥笑充满。
污水坑极其恶心的气味让人无法呼吸。

我该拿你怎么办，不知道。请试着回答，
我该拿自己怎么办，如果肉体，恳求了死亡，
会重新意外地陷入某人吸烟的单人床……

而我以后还会歌唱……

……而我以后还会歌唱，
歌唱，你如何拿走我的生命
把它一折两断，就像一块面包，
　送给了我
一半……
而把自己的
抛入忘川黑暗的流水。

我还要歌唱，
我站在边缘之上
捞起了那融化的一块……
而流水，怜悯我，
把你的一半
也归还给了我。

大风迅疾升起。这北方的，强劲之风……

大风迅疾升起。这北方的，强劲之风。
再添加些打着寒战的坚冰：
"你为什么沉思默想着儿子，——
我要把他带到北方！

在那里，在北方，松林幽暗，
苔藓温暖，野草深蓝。
在那里，他躺在蓝色的摇篮里
人们轻声为他唱着蓝色的催眠曲，

但愿他躺在那里——肤色红润，睡意昏沉，
但愿他不间断地睡上一生，
趁着陌生而崭新的太阳
还没有把它吝啬的光芒照射到他的头顶。"

在一间破旧废弃的板棚里……

在一间破旧废弃的板棚里，
命中注定的一层，
安琪儿在哭泣，他被从天堂驱逐，
擦拭着自己受伤的翅膀。

在他身旁——是一头陶瓷的小猪，

有些稍微像斯芬克斯的模样，
它的背上有一条细细的裂缝：
好让硬币投进去，发出清脆的声响。

在他明亮的头发上粘着锯末
和有刺儿的干草渣儿……

在他的陶瓷储钱罐儿里
犯有三次快活的罪过：
第一次——对于圆圆的糖果。
第二次——对于笼子里的云雀。
而最后一次，发出响亮的声音，就像一枚五戈比，——
随随便便地就花了，随随便便。

我要告诉自己的灵魂……

我要告诉自己的灵魂：
如果可以，那就复活吧，
在巧克力色的芦苇中，
在它簌簌作响和碎裂声里，
在青蛙睡梦的喧哗中
在芦苇丛中，在小鼠般的嘈杂里
在芦苇丛中……
你要像芦苇杆儿一样
沙沙地响着，尽情摇曳……

生活，连同她所有的委屈与不幸……

……生活，连同她所有的委屈与不幸，
生活，连同她短暂的抱怨，
像个女孩，她欢笑，歌唱，奔跑，
在角落里悄悄哭泣。

这个女孩笑着，唱着，奔跑着
把自己想象成一只蝴蝶。
她的发辫上忽闪着洁白的翅膀
如同惊起的蝴蝶微微颤动。

但是那一切，她为之痛哭的，
为之欢笑的，借之生长的，
仿佛童年穿破了的小小连衣裙，
她准备好了向着旧货贩子——扔出去。

这么多的花楸果，在灵魂冻结的冬天之前……

这么多的花楸果，在灵魂冻结的冬天之前。
血液冷却，预感到了冬日的沉重。
那些秋天的小鸟，急着抓紧有利时机，
弄落满地的花楸果，仿佛是为了炫耀自己的功绩。
好吧，它们真是幸运，花楸果红艳，甜蜜。
沉甸甸的果串儿把秋天的湿润沾染上血色……

无边无际的潮湿，伴着啜泣，我吞咽下四大口，
想：最好什么也别发生……
就让生命短促，但不短于冬季。
而整个冬天——不堪重负的杂乱与繁忙，
对此，我们要用整个易碎的一生来习惯……
灵魂发冷，不顾个人的经验。
我们隐藏在大衣里，徒然地作着祈祷，
始终期待着，春天轰鸣于空旷的自然之上……

而一月和点缀着花楸果般明亮小星的圣诞树
毕竟没有什么可怕的。

梅斯特雷诗选

[西班牙] 胡安·卡洛斯·梅斯特雷 赵振江 译

【诗人简介】胡安·卡洛斯·梅斯特雷 (Juan Carlos Mestre, 1957—)，西班牙诗人，视觉艺术家，巴塞罗那大学美术专业毕业。出版有诗集《雨中诗7首》(1982)、《萨福来访》(1983)、《毕耶索谷地之秋的咏叹》(1985，阿多尼斯诗歌奖)、《火的页面》(1987)、《诗歌陷入了不幸》(彼耶德玛诗歌奖，1992)、《济慈之墓》(1999，哈恩诗歌奖)、《为了加工星星者的星星》(2007)、《红房子》(2008、2009年获国家诗歌奖)、《面包师的自行车》(2012，最佳评论奖)等。他主编了拉菲·佩雷斯·埃斯特拉达的诗选《命运一词》(2001)、罗萨梅尔·德尔·巴略的诗选《可知的幻觉》(2001)并著有关于中美洲神话传说的《黑夜中的宇宙》。擅长表演和朗诵，曾与多位音乐家合作举办诗会、录制唱片、制作多媒体音画书；绘画、版画等艺术作品多次在欧美、拉丁美洲画廊、双年展展出并获奖。

代表大会

亲爱的木匠和制作红木家具的师傅们，
我给你们带来了形而上学者声援的敬意。
由于同盟者拒不交纳会费，
我们的形势同样难以为继。
从此不会再有抒情的诗意，
经你们允许，诗歌决定结束
自己的功能，在这个冬季。
对此请不要产生怨恨，
但我们还要求你们一件事情，
我的树木的老同志老朋友啊
唱国际歌时别忘了我们。

蜻蜓的诱惑

> 你发明了我。
> ——安娜·阿赫玛托娃

我心中有一只蜻蜓，像人们心中的祖国
被称作眼睛的种子。温柔中
岩石般奇异的生灵恰似良性的肿瘤
生在完美的骨头上，各式各样的真理
的确是令人难以置信的事情。那时
我在理性的灯芯草丛有一个蜻蜓的梦。

采集虚幻的海洋那些像折起来的伞一样
疲惫的听觉的木头，搭一个房子似的建筑。
在那些日子里，房子似的东西是会话，
和预感的睫毛相关的话语，樱桃树之间的猫。
我对任何关系都很陌生而一切黑暗对我都是馈赠，
一个永恒的传闻像赤裸的身体来到我手上。
呼吸这氧气的不是爱的口，而是爱的憧憬
犹如幸福的日子身穿绿裤子的裁缝。
各式各样的真理的确是令人难以置信的事情，
男人的幻想是来自陌生处的光明
但他并非那发明的主人而是临时传闻的声音，
那在其中珍藏自己快乐之人的大厅。
我在心中有一只缝合的蜻蜓
但大脑的叶片使我的双手向里成长
寻求一个杠杆，用它排除恐惧的石头。
我毫不费力地开始向反面哭泣，将情感
混在一起，它们将语法的点滴引向外语。
既然我不是这发明的主人，在将我当作怪人之前
我便远离了乐观主义，不指望被两个以上的人理解
并开始倾听自己的话语像落在空中的锤击。
好像时间已经不再持续，
好像盲人的所有想象一经触摸便会溶化，
好像蝗虫落在了精神的田野。
我在心中只有一只蜻蜓，如同他人是眩晕的兄弟
并将星座的主动脉置于太阳穴。
好了，各类真理的确是令人难以置信的事情，
可能与这无形和这些事件
相关的只有一只蜻蜓。

诗人

——致拉菲尔·佩雷斯·埃斯特拉达

我们走遍郊区，
漫步在草地，
夜里在屋檐下休息。

诗人生着播种土地上被啃食玉米的胡子，
诗人绕着没有风筝线的线桄。
诗人是夏天麻布似的眼皮下
街头小贩沙哑的声音，
是将湿地吹干的风的目光。

诗人所说，
诗人对女占卜者，
对头戴灰色贝雷帽的孤独者，
对那将他的话当作一个盗窃故事的人所说。

诗人是大气四种颜色的玻璃，
是食品柜厨模糊的钥匙。
他坐在父亲的右侧
和玩纸牌、看手相者一起，
他听死神讲话、向死神诉说
和死神同卧。

诗人所说，

对那自以为
有点什么的人所说，
对以为拥有什么手表的人所说，
对某种争斗的主人所说。

诗人是夜里在围栏间徘徊的人，
作为蚂蚁之友
他在建造粉末的房子。
他将星期六模糊的面包
和鼓皮，保存在自己的木盆里。

诗人像教堂黄色的蜡烛
和妓女们的水跳舞，
诗人像纸做的船
和没有嘴唇的姑娘同眠。

诗人的双手书写小杂货店的标签，
在教堂向酒厂的主人请安。
他名叫"迷雾"或"霞光红发"①，
他不知此刻"胡桃苦口"的眼睛会将谁亲吻，
他像山丘的鸟，像和渔夫马丁
对话的面包师的儿子一样发出哨音。

诗人所说，
诗人对有着蜂鸟的小眼睛

---

① 原文是：El que se llama Niebla, Pelirrojo Crepúsculo。

和白袜子的姑娘所说。
他是秋天进食的年迈的牧人，
种子的杂音诗人，动物方舟的木匠。
在灯泡钨丝下面痴迷
转动对他还有意义。
他生活在裸体女人的祖国，
为马的骨髓哭泣的疯狂的儿子
沉没在其土坯房的烟雾里。

诗人用牛奶给歌声的笼子上漆，
头颅像陀螺一样
在妓院的地板上滚动
在所有的神殿逗留
向被钉在十字架上的人乞求恩赐。
为纺织女工所赞许，
身患不朽之症
仰卧在公园飘升。

诗人在救护车里穿过向日葵的田野，
诗人是驴槽边的天使，
峭壁上的草屑。
诗人如流行病雨水的钟表，
抵御瘟疫的煮沸的破布片的蒸汽。
抵押了祖祖辈辈的庄园的诗人
如今是陶醉于伏特加的布尔什维克的灵魂。

那族长在海外开了一家商店
并用四分钱买了一把梅毒，

他熟悉香料买卖和树脂交易，
无政府主义者们的把兄弟
用他黑色的屎壳螂面对大海的迷茫。
他被预言和鸟儿包围
生活在一位竖琴演奏者的手上，
他有三叶草和小蜡烛的指头，
他的骨灰能将水塘的鲤鱼喂养。

我们走遍郊区，
漫步在草地，
夜里在屋檐下休息。

诗人所说，
诗人对女占卜者，
对长着白胡子的曾祖父所说
他睡在公社并在那里漫步
将自己的口号告诉蜜蜂：
他为了加工星星。

问题是……

一天，阿波利内尔来吃晚饭，冰箱里却什么也没有
我们的对话一文不值，像地铁出口的广告一样
一把 22 毫米口径的手枪和比利时一立方毫米的转轮
怪癖的分怪癖的秒怪癖的小时
圣灵降临节南瓜温暖的芳香
"滴"连着"哒"连着古钟的安眠药

破旧餐具上冰山的遗址出现在最后的梦想
沐浴春雨的炼金术士
鸟儿喇叭青年黄蝴蝶木头戒指
索道连接着天堂俱乐部的玉米地和北极光
扩音器喧嚣着葬礼解冻时的狂欢
孩子和风在彼特拉克梦想的冷饮店
马达加斯加的金合欢生长在电话的另一端
狡猾冰雪的信箱中有鹦鹉号潜艇的耳朵
永眠圣母的钱袋里装着夜莺的一文钱
人民的眼泪与望远镜水火不容
那些手臂在将列宁墓的茅草修剪
玫瑰的消灭者隐藏在千日红的随从中
信号灯闪着绿色的象征
一封硝化甘油的电报在你双唇的铅笔上
我对你的爱比你的未婚夫多百分之九十
我要原原本本地向你讲述我生活中的事情

圣洁的王子

阿米里·巴拉卡[①]唱歌，如同用石头打鸟
阿米里·巴拉卡写作如同吃早饭
阿米里·巴拉卡打招呼如同到了性高潮
阿米里·巴拉卡曾写下二十卷绝命书的前言
阿米里·巴拉卡曾在马丁的葬礼上哭泣

---

①阿米里·巴拉卡（Amiri Baraka, 1934— ）美国剧作家、
诗人、小说家。其作品如实反映美国黑人的生活。

阿米里·巴拉卡他曾是马尔科姆的朋友

阿米里·巴拉卡在狱中有九女一男

阿米里·巴拉卡与一个名叫海蒂的犹太少女结了婚

阿米里·巴拉卡曾结识另一位并非犹太人的姑娘

阿米里·巴拉卡曾去哈勒姆生活并同情伊斯兰教

阿米里·巴拉卡与索尼娅·桑切斯和尼吉·焦瓦尼喝咖啡

阿米里·巴拉卡启发了《黑豹》中的探子

阿米里·巴拉卡是勒鲁瓦·琼斯之子

勒鲁瓦·琼斯留下了南方的卡洛丽娜

勒鲁瓦·琼斯曾和电影院的引领员粘在一起

阿米里·巴拉卡曾加入空军

那时他二十三岁而且是近视眼

阿米里·巴拉卡抛弃了错误的闹剧

他爱上了我们前面提过的海蒂

为了出版艾伦和凯鲁亚克他常常早起

阿米里·巴拉卡卷入纠纷并被打掉了牙齿

阿米里·巴拉卡获得了古根海姆奖学金

阿米里·巴拉卡像他父亲一样叫勒鲁瓦·琼斯

阿米里·巴拉卡结识了希尔维娅并按照尤鲁瓦的习俗
　　举行了婚礼

阿米里·巴拉卡还不是圣洁的王子

阿米里·巴拉卡开始叫阿米里而他的妻子叫阿米娜

阿米娜·巴拉卡是画家和政治积极分子

阿米里·巴拉卡是诗人和民权激进的捍卫者

阿米里·巴拉卡看到了拉雷、科尔特兰和吉尔伯特的死亡

阿米里·巴拉卡变成了马克思主义者

阿米里·巴拉卡在但丁的地狱和弥尔顿的天堂之间徘徊

阿米里·巴拉卡给自己买了一件灯芯绒上衣和一条针

织领带
阿米里·巴拉卡居住在距纽约半小时的纽瓦克
纽瓦克在 1967 年的骚乱中死了 30 人
阿米里·巴拉卡因持有武器被逮捕，又被宣判无罪
阿米里·巴拉卡依然不是圣洁的王子

祖先

我的祖先发明了银河，
将必要的名字赋予了风云变幻的环境，
称饥饿为饥饿的城墙，
将一切与贫穷无异的东西称之为贫穷。
一个人用饥饿的思想可为的事情甚少，
甚至无法在路上的灰尘里画一条鱼，
无法在一个木十字架上穿越海洋。

我的祖先曾在木十字架上穿越海洋，
但并未要求召见，
不过是在卷宗中漫游
像刺猬和蜥蜴在乡村的小路上漫游一样。

他们来到了沙地，
那里的土地像鱼鳞一样闪光，
那里的生命只有漫长的风和漫长的雨。

一个在生活中只有这些东西的人可为的事情甚少，
甚至无法在饥饿的思想中侧卧而眠

当他聆听谷仓上麻雀的谈话，
甚至无法在果园的床单上播种开花的木柴，
无法在闪光的土地上赤脚行走
无法将自己的儿女掩埋。

我的祖先发明了银河
将必要的名字赋予了恶劣的气候，
他们曾在木十字架上穿越海洋。
于是他们命名了饥饿，为了饥饿的主人
自称为饥饿的一家之主
并在道路上游荡
像在乡村小路上游荡的刺猬和蜥蜴一样。

一个人用怜悯的饭团可为的事情甚少，
雨天让人们吃湿漉漉的面包，然后继续忍受漫长的风
并谈论需要，
谈论需要如同在乡村
谈论一切可以小心地包裹在手绢里的细微的事情。

忆约瑟夫[①]

我曾与他在贾尼克洛喝咖啡
我不懂英语，他也不懂塞万提斯的语言
我们几乎无法沟通，在海边

————————————

①约瑟夫·布罗茨基（1940—1996），前苏联诗人，后入
美国籍。1987年获诺贝尔文学奖。

他要了一份鸡蛋三明治
同时在思考罗马古迹天然的光明
我至少能做出这样的推断，因为他的思维方式
如同小孩子在用刀片刮脸
"小丑们在破坏马戏团"，我说
我觉得粗俗使它发生了改变
倘若我是前拉菲尔主义者我也会爱上奥菲利亚
倘若我是精确科学的硕士我或许会重新发现"零"
不要因为几次砍头就如此表现
我们都觉得一夫多妻者令人赞叹
然而，我们冷漠的气质
最像战舰
就连雌鸽在靠近之前，都会考虑再三
他走向伊斯基亚，离维吉尔的故居不远
他将荣誉赋予他流浪的先人
当提及某些名字，他会变得僵硬古板
长长的刨花，切洋葱时的眼泪
我们谈论着蜜蜂，变换着无聊的闲谈，
谈论泥土中的母鸡，反对贝尔尼尼的卡拉瓦乔①
谈论楔形文字和空难
这个绝妙的家伙，被赶出了疯人院
没过几天，我也被赶出了科学院

---

① 贝尔尼尼（1598–1680）是意大利巴洛克时期最伟大的雕刻家、又是建筑师、画家和戏剧家；卡拉瓦乔（1571？–1610）是米开朗琪罗·梅里西的别名，意大利画家。

家族的肖像

阿维拉的盲人，古巴岛，卡马圭省。祖父演奏单簧管，
　　腰带上有金扣环。
这发生在 1920 年，在一张画着各种颜色的鸟儿的幕
　　布前。
在哈瓦那的街上，刚从维戈到来的莱奥纳多·梅斯特
　　雷给他的未婚妻买了一个玳瑁的发卡。
两个人在一起，他眼中充满惆怅，穿一身麻布套装。
她，沐浴着热带的阳光，美丽并将我端详。
他们认识了辽阔的天空和海中大鱼。他们的青春是
　　幸福的，就像刚刚发现的冒险一样。
于是他们将自己放在了照片上，带着它，就像那快
　　乐并被爱情征服的人，进入了生命美好的梦乡。
他们再也不能分开，只有他们知道奇迹为什么单单
　　发生在那个瞬间。
我想继续这个故事但不知道 1920 年古巴是否有雪夫兰。

图书在版编目（CIP）数据

那些上紧时光的手 /《诗刊》社编 . —北京：中国青年出版社，
2016.12

（一带一路诗之旅·译诗卷）

ISBN 978-7-5153-4629-8

Ⅰ . ①那… Ⅱ . ①诗… Ⅲ . ①诗集—世界—现代

Ⅳ . ① I112

中国版本图书馆 CIP 数据核字（2016）第 305855 号

责任编辑：彭明榜＋孙梦云
书籍设计：孙初＋林业

中国青年出版社 出版 发行

社址：北京东四 12 条 21 号

邮政编码：100708

网址：www.cyp.com.cn

编辑部电话：（010）57350506

门市部电话：（010）57350370

北京科信印刷有限公司印刷　新华书店经销

880mm×1230mm 1 / 32 10.75 印张 221 千字

2017 年 1 月北京第 1 版　2017 年 1 月北京第 1 次印刷

定价：39.00 元

本书如有印装质量问题，请凭购书发票与质检部联系调换

联系电话：（010）57350377